LAISHI DE LU
来时的路
亲历者讲述红色故事

商城惊雷

刘子厚 等◎著

杨顺雨 史延胜◎编

中国文史出版社

图书在版编目（CIP）数据

商城惊雷／刘子厚等著；杨顺雨，史延胜编．
北京：中国文史出版社，2024.7. --（来时的路：亲
历者讲述红色故事／朱冬生主编）. -- ISBN 978-7
-5205-4726-0

Ⅰ. I251

中国国家版本馆 CIP 数据核字第 2024404GZ4 号

责任编辑：金　硕

出版发行：**中国文史出版社**

社　　址：北京市海淀区西八里庄路 69 号　　邮编：100142
电　　话：010-81136606/6602/6603/6642（发行部）
传　　真：010-81136655
印　　装：廊坊市海涛印刷有限公司
经　　销：全国新华书店
开　　本：700mm×1000mm　1/16
印　　张：15
字　　数：144 千字
版　　次：2025 年 1 月北京第 1 版
印　　次：2025 年 1 月第 1 次印刷
定　　价：69.00 元

丛书编委会

总 主 编　朱冬生

执 行 主 编　史延胜　金　硕

执行副主编　吕　鹏　任德才　左厚锋

编　　　者　庞召力　孙召鹏　丁　伟　杨顺雨

　　　　　　彭　曾　倪慧慧　冯长青　牛胜启

　　　　　　冯华安　刘英芳

出版说明

选题缘起

一是贯彻落实习近平总书记提出的"要讲好党的故事、革命的故事、根据地的故事、英雄和烈士的故事，加强革命传统教育、爱国主义教育、青少年思想道德教育，把红色基因传承好，确保红色江山永不变色"重要指示精神，深入挖掘红色资源，丰富精神宝库。"采取青少年喜闻乐见、易于接受的形式"，讲好"四个故事"、加强"三个教育"，以高度的历史自觉培育有理想、有本领、有担当的时代新人。抚今追昔、鉴往知来，不忘初心、牢记使命，始终牢记"我们走得再远都不能忘记来时的路"，让信仰之火熊熊不息。

二是引导人们树立正确的历史观。中国共产党百年非凡奋斗历程为我们留下了丰厚的精神遗产，随着时间的推移，现阶段人们尤其是年青一代对当年那一段血与火的历史已渐感陌生；网络时代媒体传播的多元化，极大丰富了人们的信息资源，但在一定程度上也干扰了人们对历史的正确认知，特别是关于党史和军史，存在不准确甚至不正确的史料传播。本丛书旨在通过收集和整理史料，让历史说话，用史实发言，为人们树立正确历史观提供翔实资料。

三是文史资料再开发的尝试。现存的权威军史资料大都时日已长，为防止宝贵的红色资源湮没在历史尘埃中，迫切需要对其进行深度挖掘、梳理整合，以"亲历、亲见、亲闻"的"三亲"史料的形式，让红色资源以新的体系、新的样态呈现在世人面前，更好地发挥教育功能。

编选原则

一是坚持正确的政治立场。牢牢坚持党性原则，牢牢坚持马克思主义新闻观，牢牢坚持正确舆论导向，牢牢坚持正面宣传为主。

二是主题鲜明。丛书反映了中国共产党团结带领中国人民，以"为有牺牲多壮志，敢教日月换新天"的大无畏气概，书写了中华民族几千年历史上最恢宏的史诗；展现了坚持真理、坚守理想，践行初心、担当使命，不怕牺牲、英勇斗争，对党忠诚、不负人民的伟大建党精神。

三是史料权威。丛书内容来源于《中国人民解放军历史资料丛书》《中国抗日战争军事史料丛书》《中国工农红军长征史料丛书》所收录的文章及老一辈革命家的回忆录等。涉及党内路线斗争的题材概不收入；涉及犯有重大错误的人员的情况只做客观描述，不做评述；理论性较强，不便于一般读者理解的文章慎重选录。

四是注重"三亲"性。所选文章紧扣"亲历、亲见、亲闻"的特点，内容感人至深、思想丰富深刻、语言通俗易懂，为加强红色资源的故事化提供生动范例，做到知识灌输与情感培养并举。

卷册专题划分

一是在纵向上按照中国革命的历史进程，讲述了土地革命战争时期、抗日战争时期、解放战争时期及新中国成立初期的党史和军史故事。

二是在横向上各个历史时期再按区域或按部队序列进行分述。如土地革命战争时期的各地武装起义，按照当年武装起义比较集中的地区，如湘赣、湘鄂西、鄂豫皖、苏浙闽沪、陕甘等分别编辑成册。抗日战争时期，按照八路军第一一五师、第一二〇师、第一二九师、新四军、华南抗日游击队、东北抗日联军等分别编辑成册。解放战争时期，按照第一、第二、第三、第四野战军和华北军区部队，以及剿匪斗争、策动国民党军起义投诚等分别编辑成册。后勤工作、军队院校等特殊领域，单独成册。

　　囿于文史资料的自身特点，作者个人身份立场、视野角度不同，一些人撰稿时年事已高、事隔经年，记忆恐有偏差，细节难求完全准确，有意偏重或弱化亦难避免。对此，我们力求维持原貌，体现多说并存，只对一些显而易见的讹误进行了谨慎订正。诚然如此，由于我们能力水平和主客观条件的限制，难免有疏漏之处，恳请广大读者批评指正！

编　者
2024 年 6 月

　　土地革命战争时期，党从残酷的现实中认识到，没有革命的武装就无法战胜武装的反革命，就无法夺取中国革命胜利，就无法改变中国人民和中华民族的命运，必须以武装的革命反对武装的反革命。1927 年 8 月至 1937 年 6 月，中国共产党领导广大工农革命群众先后在全国各地举行了 680 余次武装起义，遍及 19 个省，起义风暴席卷了大半个中国。富有革命斗争精神的河南、河北、山东、山西、绥远（今内蒙古地区）人民，在各地党组织的领导下，英勇地拿起了武器，进行了数十次武装起义。1932 年 6 月至 8 月间，中共直中特委领导灵寿、行唐、新乐、曲阳、正定五县农民在灵寿县慈峪—鲁柏山—芝麻沟一带举行了一场武装暴动，史称慈峪暴动，这是党在河北省领导的最早的一次武装暴动。这次暴动收缴地主枪支，打土豪、分浮财，进山打游击，组织人民武装，开展游击战争，是创建苏区的英勇尝试。慈峪暴动虽因准备不足和敌我力量悬殊失败，但是播撒了革命火种、发动了群众，在当地群众中产生了深刻影响，对以后党领导这一地区广大人民群众抗击日寇、建立抗日根据地奠定了基础。本书收录的文章主要围绕土地革命时期晋冀鲁豫绥地区武装斗争展开，涉及各地区党组织建设、起义和暴动的筹备与实施、革命政权建立与发展、群众组织建设等内容，反映了中国共产党领导人民群众开展武装斗争、创建革命根据地、发展革命力量的艰难历程。

目　录

1

2

黄林暴动

张茂廷

我是在 1929 年 11 月，经王展、王熙、关子文介绍加入中国共产党的。此后，我当了讲演员，不断在林南仓、鸦鸿桥、窝洛沽、珠树坞和玉田城等地进行讲演。当时宣传的内容主要是取消苛捐杂税，打倒土豪恶霸，反对军需借款和预征钱粮，反对编遣库券等（旧社会实行募兵制，兵老了，不能再打仗就遣散回家，但是要给他们路费及临时度日之款项）。

1930 年 6 月下旬，省委巡视员叶善枝来玉田，在杨五侯庄召开了京东党代表大会，成立了京东特委，决定在丰、玉、遵、蓟四县组织武装暴动，建立红军游击队，开展游击战争，任命宋哲三为中共玉田县委书记。会后，叶善枝与玉田县委负责同志一起组织红军游击队，从事暴动的准备工作。

7 月初，由特委书记叶善枝和特委陈士杰（原玉田县委书记）决定，准备利用玉田东关外龙王庙唱戏的时机，去城内东大寺警察所夺枪，为暴动准备武器弹药。

7月8日，叶善枝、陈士杰和张兆西（军委委员）组织20余名身强力壮的党团员在戏台下集合，由我带队（当时我已是玉田县委委员）。当日晚8点左右，我派出4个人在城门洞内游动，防止敌人关闭城门，其他同志跟在我的后边。

这时天降小雨，我便喊："下雨了，快跑！"

我飞快地跑到警察局门岗的面前。门岗还没等站起来，就被我们抓住。当时，我们一点武器也没有，拿的只是菜刀、斧头，但是我们还是毫不畏惧地一齐冲进警察的宿舍。警察大部分看戏去了，剩下的人也逃跑一空，我们共得到大枪7支、子弹200余发。出城后我们直奔鸦鸿桥，因天大亮又下雨，行动不便，就把这些枪藏在鸦鸿桥镇附近，队伍解散回家。

9日，我回到珠树坞的家里，家里人对我说，村里的地主张楷成立了"反共会"。张楷说："无论是谁，见着共产党就打，打死了由我一人承担！"我把这一情况报告给叶善枝。叶善枝当即在大韩庄召开了中共京东特委与玉田县委干部联席会议，决定攻打张楷，举行全县武装暴动，开展游击战争。

叶善枝说："若不先把他打倒，等他的势力养成，我们党的工作就不能进行，甚至被他打垮。"

当时我提出意见：认为力量不足，另外枪还在鸦鸿桥，应当先把武器取回来再去打张楷。叶善枝严厉地批评我，说："张楷是你四大伯吧，你怎么这样幼稚呢?"并当场任命我为总指挥，刘铭阁为副总指挥，组织了48名红军游击队员发起暴动。

10日拂晓，当时大雾弥漫，面对面不见人，我和刘铭阁带领红军游击队由大韩庄绕到黄林庄西头。我们将队伍分成两队，包围了张楷家大院，我带一队攻打前门，刘铭阁带一队攻打后门。有人想跳墙进去，叶善枝不同意。

十几分钟后，前门被我们用斧子砸开。张楷的儿子张永勋在后院持枪向我们射击，但是他的枪出了毛病，未能发射，我们夺了他的枪。这时，后门也被攻破，两队人马都冲进院子，在混乱之时，张永勋逃跑了。我们进屋捉住了张楷，烧毁了他的账目，并追索他的地契。他不找，我们就把他痛打一顿，用绳子将他绑起来。

这时，张永勋纠集了"反共会"成员把我们包围在院子里，枪声四起。我们两队只有两支独子枪，还有一支不能用，另外还有一颗甜瓜手榴弹（因夺警察所的枪在鸦鸿桥没有送到），其余便是斧子、木棒什么的，我们也还击了几枪，由于不能拖得时间过长，便四散往外突围。

我在最后，看见刘铭阁牵着张楷下了苇塘，就招呼他快走，他仍然进了苇塘。当时我被围住，就抓到张楷的次孙二和尚，由他把我带出了卡子口。刘铭阁后来被"反共会"打伤，被捕后在玉田受审时，牺牲在大堂之上。

迁安暴动[*]

李运昌

1933 年长城抗战失败后，日军占领了迁安县城，大肆烧杀抢掠，还派出飞机和部队对迁安乡镇进行狂轰滥炸和"扫荡"，迁安的广大人民群众蒙受巨大损失，民族矛盾激化，人民抗日要求日益强烈。

1933 年夏，中共京东特委组织部部长李葆华同志找我谈话，内容是根据河北省委指示，京东特委决定在迁安、遵化组织武装暴动，发动游击战争，以配合中央苏区粉碎国民党的第五次"围剿"。党派我去迁安、遵化工作，主要任务是组织训练游击队。我按照京东特委的指示来到迁安，住在鸽子庵、上梨树峪、墙板峪、苇子峪村一带（以上各村均属今迁西县）。

迁安山区的农民党员是非常淳朴的，党性也很强。听说

＊ 本文原题为《迁安起义的回忆》，收录时做了适当修改。

上级要组织游击队搞武装暴动，人人都踊跃报名参加。当时，组织游击队的主要方法是召开小型会议，进行政治教育和军事教育，宣传京东红军抗日游击队配合江西红军粉碎国民党第五次"围剿"的伟大意义；宣传京东地区游击队的政治主张，任务是打土豪分田地，取消苛捐杂税和高利贷，建立工农县苏维埃政权，驱逐日军出中国，收复东北失地，铲除汉奸卖国贼。

军事训练方面，则是教一些基本的军事知识，如何使用武器、利用地形地物，怎样隐蔽自己以消灭敌人，还强调红军抗日游击队的纪律是一切行动要听指挥，不拿群众一针一线，损坏东西要赔偿，一切缴获要归公等。

1933 年夏，中共京东特委主要负责人郭涤生在迁安召开县委会议，传达了特委准备在迁安组织武装暴动的决定。会上，以韩东征为首的迁安县委主要负责人，认为在迁安县组织武装暴动条件尚不成熟，是一次冒险行动，其结果必然导致失败，不赞成搞这次武装暴动。

但当时的河北省委和京东特委认为，迁安县委违背了下级服从上级的组织原则，是极端错误的。因此，立即解散了以韩东征为书记的迁安县委，撤销了韩东征的职务，并切断了他们与组织的联系。随即又重新组成了以樊顺（修鞋工人）为书记，王平陆、刘永丰等同志为委员的新的迁安县委。

新的迁安县委成立后，加紧进行暴动的组织准备工作。

首先发展党组织，在两个月内就发展了100余名党员，建立起20多个党支部。暴动前夕，由京东特委组织部部长李葆华主持，在上梨树峪村（王平陆家）召开了迁安新县委扩大会议。参加会议的有樊顺、王平陆、刘永丰、樊永春、李运昌、白坚（河北省委派来的）。

会议决定：游击队的名称为"京东红军抗日游击队"，中共党员樊永春任队长，樊顺兼任政委，参谋长是孙采（旧军人，原籍玉田，暴动前经组织介绍到乐亭，曾在我家住过）。因队长樊永春和政委樊顺都不懂军事，所以游击队的指挥权实际落在孙采手里。当时京东特委原计划在迁安西部和遵化东北部同时发动游击战争，所以交给我的任务是负责迁、遵两县游击队的组织和训练工作。

1934年1月23日，武装暴动开始了。开始时，还是取得了一些小的胜利。我们首先攻打贠庄的土豪王凤山，从他那里缴获来一支冲锋枪。接着，暴动队伍又从几户地主家起出几支步枪。当时游击队有150多人，绝大部分是共产党员，我记得队员有周治国、樊桐、高永瑞、董福堂等人。

暴动后的一天下午，樊永春等游击队的负责人带队伍去青山口，想缴那里民团的枪，这是很危险的举动。因为我们的暴动闹起来，又是贴布告，又是打土豪，风声传出去，迁安县的反动当局和地主武装都已有准备，并已调集1000多人的民团准备对游击队进行镇压。

而当时我们的游击队负责人对如此严重的敌情还不清

楚，以为人多势众就能把敌人吓住。并且，当时游击队还未全副武装，又是大白天，就想要攻据点，是很幼稚的。他们没认识到，这是打着京东红军抗日游击队的旗号，进行一个阶级推翻另一个阶级的战争，不是过去搞的那种到反动政府门前请愿和示威。

孙采是个旧军人，单纯军事观点严重，暴动起来后，我去河北庄见着他时，曾建议把游击队往西拉，到群众基础好的地方去活动。他不听，坚持把队伍往北拉。结果，当队伍刚到青山口后，不仅无力攻打据点、缴敌武器，反而被敌人包围，最终被迫分散突围。

迁安暴动被地主武装镇压下去后，反动政府到处搜捕游击队队员，抓去了几十人。他们先被关到迁安监狱，然后又分别被押送到天津、南京监狱，其中一部分同志英勇就义，为革命献出了宝贵的生命。

五里岗暴动*

葛占龙

1930 年 8 月 15 日，河北省完县五里岗举行了农民暴动，它点燃了革命的火种，有力地打击了国民党的反动统治，在华北革命史上留下了光辉灿烂的一笔。

当时，完县建立了 14 个党支部，其中五里岗党支部委员由赵洛其、高洛兴、葛老尚、韩永禄和我 5 人组成。经过支委会研究，在五里岗成立了消费合作社，名义上是方便群众生活，实际上是为党的地下工作打掩护。

1929 年 5 月 21 日是完县大集，西五里岗 200 多名群众，手提作为信号的酒瓶，拿着当作武器的白石灰包，浩浩荡荡地直奔完县城，在大街上游行示威、贴标语、散传单。城里的警察畏于群众的声势，动也不敢动。从此，穷人的革命热情更加高涨，农民运动更加蓬勃发展。

1930年，中国工农红军攻克了长沙，北方局和省委成立了行动委员会，发出工人罢工、农民武装暴动的指示，以支援南方的革命斗争。当时县委进行了研究，认为武装暴动的条件不成熟，今后要继续把党的组织向涞源山区发展，尽快在涞源白石山一带打下基础，一旦暴动之后形势不利便撤到那里建立根据地。但当时北方局催促"有一个暴动一个，有两个暴动两个"，于是决定在中秋节暴动。党组织决定暴动后，我们就行动起来，几天之内就组织起500多人和80条枪，接着又收缴了地主武装枪支200多条，队伍初具规模。

暴动准备工作初步完成后，我们派刘元士同志去省委请示下一步的行动，其间发生了意想不到的事故。暴动的参加人员葛老尚和韩顺子等人在喝酒时玩弄枪支不慎走火，打死了韩顺子。阴险狠毒的地主趁机挑拨韩顺子的亲属到国民党的县政府告状说五里岗的共产党要造反，要求县政府借韩顺子事件镇压共产党。国民党县政府定于8月15日来村验尸，并借机逮捕五里岗的共产党员。

得到消息后，韩永禄同志立即召开了县委紧急会议，决定提前暴动。根据北方局指示，暴动队伍编为中国工农红军第二十二军，下设4个大队（包括1个手枪队）、12个分队。韩永禄同志任政治委员，我担任军长，高辰同志任副军长，参加暴动的群众有500多人。我们还同附近的唐县、望都、易县、满城、清苑等地的地下党组织及时取得了联系。

1930年8月15日，县里孟承审领着警察到五里岗村验尸。他们进村后，发觉鸡不叫、狗不咬，感到情况不妙，本来就心虚的敌人再也撑不住，掉头就往回跑。这时，随着一声令下，红二十二军的暴动健儿们手舞大刀、红缨枪潮水般地向敌人猛扑过去，敌人没命地逃回了县城。

21日，我们决定一鼓作气拿下完县县城，并做了战斗部署：我和韩永禄去赵家庄一带全盘指挥，葛老尚带人攻打南门，韩大义带人攻打北门，副军长高辰带领选拔出来的敢死队攻打敌人防守薄弱的东南角。

次日黎明时分，战斗打响了。敌人依仗装备好、城墙高，拼死顽抗。群众给我们送来了猪肉、白面，我们士气很旺，在城下猛攻。我们虽然在数量上占优势，但是枪支太少，加上刚参加暴动的农民军缺乏战斗经验，所以激烈的战斗打了两天一夜，敌人才顶不住劲，完县城大有被攻破之势。

这时，从保定派来增援的1000余敌人赶到了。在敌众我寡的形势下，为了避免伤亡，保存力量，我军分批撤出战斗，退到河口村。

不料，在河口村我军被敌军包围了，经过一天的战斗，虽将敌军击溃，但我们的队伍也伤亡惨重。

队伍开到店子水，召开了党员大会，决定暂时分散，保存力量，以图东山再起。

回忆红二十四军片段[*]

陈子毅

1925 年，胡景冀任河南省督军兼省长。他的独立骑兵第一旅到处招兵买马，党决定派部分干部到旧军队开展兵运工作。这年 9 月，我在汲县打入国民党军部队，当了一名译电员。1927 年，一旅与山东德州的弓富魁部发生冲突。在混战中，高桂滋率兵突围，我和一些同志随突围部队南渡黄河到了河南淮阳。

1928 年，高桂滋投靠新军阀蒋介石，被任命为国民革命军第四十七军军长。高桂滋部到河北遵化后，蒋介石把四十七军缩编为独立旅，高桂滋由军长降为旅长，并调到山东临沂、诸城驻防。高桂滋对此怀恨在心。1930 年 8 月，高桂滋部队突围到山西平定县驻防，暂归晋军孙楚指挥。

这时，我党经过长期的艰苦工作，在官兵中发展了 60

---

* 本文原标题为《关于红军第二十四军的片段回忆》，收录时做了适当修改。

多名党员，为举行革命起义、建立中国工农红军第二十四军打下了基础。

1931年7月3日下午4点，高桂滋部地下党支部书记靳澎生通知：党员晚上8点在平定南城墙外的小坟场开会。会议首先传达了中共山西特委关于目前中国政治形势的报告，然后简要介绍了中央红军粉碎敌人第一、第二次"围剿"和其他苏区红军取得胜利的情况。4日晚上又继续开会，传达了山西特委关于在高桂滋部举行起义的行动计划。

根据计划，起义的枪声要在当晚12点打响，并对到会的同志做了具体分工。组织领导这场战斗的，有赫光（万锡绂）、肖谷（谷雄一）、刘明德、艾捷三、王天宝等同志。为了防止起义过程中遭到敌包围，已在东南城脚下挖通了突围地道。会议还提出，高部营长袁某是高桂滋的亲信（高的表弟），战斗打响以后，他一定会拼命反扑，要派得力人员及时予以消灭。战斗任务完成后，到东关庙前集合统一行动。我的公开身份是高部秘书处机要室译电员，任务是打响后率通信队及时破坏敌人的电话联络。

不料我们的行动被敌人发觉，起义被迫提前到11点半开始，12点战斗很快结束，总计拉出来1200多人。在平定县东关庙前集合后，立即北上，经马鞍桥绕过阳泉到盂县的清城进行休整。同时宣布中国工农红军第二十四军成立，赫光任军长，肖谷任政治委员，刘明德任参谋长，部队暂编两个纵队。

7月8日到11日，红二十四军在上社镇击败了国民党的武装警察队，缴获了一批枪支。13日到达河北平山县蛟潭庄、柳木园、洪子店等地，14日先头部队进入灵寿县境，经过汉山、南营、陈庄等地，沿途没有遇到抵抗，顺利向阜平县进发。

红军挺进的消息传到阜平县城，县官、士绅慌作一团，马上集合了保卫团和警察，检修武器，准备顽抗。财主各家老小都逃出城去，找来佃户替他们往山里转移东西。反动县长左谦和警官袁玉田更是害怕，慌忙把家属送走，把财物隐藏起来。穷人由于对红军不了解，不少人也是先躲避起来，看看动静。17日，县保卫团在南边白石岭打了败仗，溃散回来，情势更显得紧张。

18日下午，只听得树上知了嘶叫，没听到一声枪响，红军就渡过沙河，顺利进入阜平县城。红军进城后，很快打开粮仓，把粮食分给劳苦群众。第三天又打开了监狱的大门，释放了在押的犯人。群众看到这些脖子上围着红领巾的军人讲话和气，不打人不骂人，也就都走出家门。有几位上了年纪的人自动组织了支应局，为红军做饭，找房子，热情招待。红军也当即召集群众开会，向大家讲明红军的纪律，公买公卖，不打骂群众，让大家安居生产，并张贴安民告示。红军的宣传工作很有效果，躲避出去的百姓也都回来了，商店也都开了门，集市照常营业，赶集的人也一天天多起来了。

经过几天的宣传和准备，26 日由中共阜平县委和红二十四军政治部联合召开了群众代表大会，宣布阜平县苏维埃政府正式成立，地点在县政府前的大院里。会上推举牛清明（牛曦）任苏维埃政府主席，刘应融任副主席，委员有张元仁、刘维康、李英兰、王德修等人，还有一位非党群众石德义、一位红军代表。我当时在苏维埃政府负责邮政工作，任务是审查往来信件、电报以及报纸等，以掌握情报。

阜平县苏维埃政府成立后，很快进行了土地调查登记，准备发动农民平分土地。还逮捕和处理了一批土豪劣绅、恶霸地主，镇压了伪保卫团头子二郎成，枪决了阜平最大的恶霸地主、人称"二知县"的赵义生，肃清了县城外围的反革命武装，又在五丈湾和王快镇一带消灭了民团，解散了保安队。

华北山区第一个苏维埃政府的出现，给敌人以极大的震慑。当时，石友三部的沈克带领残部逃到平汉线以西的曲阳一带，投奔了东北军。沈克为向东北军表功，心生一计，施展奸诈本领，派了以赵海清为首的一支部队，由曲阳开到阜平的王快镇，沿途声称是向红军投诚的。到了王快镇后，还派代表正式向红二十四军接洽，谎称走投无路，要求收容改编。他们脖子系着绿布，自称绿军，表明与红军一样是脱离了国民党军队。

红二十四军的领导同志们曾经研究过此事。由于对国内革命形势存在着错误的分析，对敌军士兵的革命要求做了过高估计。据说，在研究此事时，还有过争论，但赞同接受的占多数。随后红军命令沈克前来的部人分别拉到阜平城附近的村庄听候改编。这样，敌人分成两股，一股驻扎在王快镇，一股驻扎在城西的法华村。

8月10日前后，军部组织了以军长、政委为首的受降慰问团。政委肖谷、副军长窦宗融带领20多人，军长赫光、政治部主任刘子祥带领6人分别前往王快镇和法华村慰问沈部，并洽商受降事宜。

军长赫光带着军政人员，骑着战马，携带着慰问品前往城西8里的法华村慰问并受降。8点钟左右赵海清陪同赫光军长走到会场。赫光军长扫视了一下周围，只见绿军全副武装，村口、房上，连同后坡上都有持枪的士兵，顿时觉察到已进了虎穴，但他沉着地走上了讲台，向伪装受降的绿军官兵讲话。

他说："绿军到此起义，跟咱们是一家人了，今后要共同对付敌人，打土豪、分田地、解放受压迫的劳苦大众。"接着又讲到劳苦大众受地主剥削，过着牛马不如的生活，只有起来革命，打倒地主打倒军阀，才能当家做主，建设新社会，过上好日子。绿军士兵听了很受感动，心情很沉重，都直盯着赫军长。

这时，丧尽天良的赵海清按预定的信号直捋胡子，暗示士兵们动手，可是士兵们却都一个个低下了头，谁也不动。机智的赫军长早已看穿了敌人的诡计，在讲话中就提出了警告。赵海清急了，命令早已有准备的特务连动手。接着，一声吼叫，特务连应声行动，会场上枪声四起，喊杀声响成一片，赵海清抱住赫军长，赫军长拔出手枪打伤了赵海清。英勇的红军战士顽强地跟敌人搏斗了近一个小时，终因寡不敌众，赫军长和随行人员全部壮烈牺牲。

当日晚，沈克部队逼近城郊，派人送信来，谎称我军长、政委均留在王快镇商讨军情。11 日夜晚，1000 多名绿军包围了县城袭击我军。由于事发突然，红军失去了主要领导人，于是在参谋长刘明德的率领下主动撤出阜平，顺着史家寨、殷庄向灵丘转移，经繁峙、代县、平鲁、朔县、右玉，杀出虎穴，到达了绥远省的清水河县。阜平县苏维埃政府人员和城关一批青壮年也跟着红军一起撤离。

经过一段时间休整后，部队在晋绥敌军的围攻中由河曲强渡黄河时，受到了很大损失，后经陕西省府谷、神木的蛟窟窿窝到达了榆林。这时，队伍已不足千人，党员只有38 人。

难忘高蠡暴动[*]

蔡士章

1929 年至 1930 年，高阳、蠡县等地接连发生涝灾，粮食、棉花大量歉收。然而买办商业主和反动派、土匪勾结在一起发国难财，趁着涝灾买空卖空，囤积居奇，施放高利贷和"驴打滚"地租。加之当时军阀混战，苛捐杂税多如牛毛，天天有人到村里要捐要税，经受重重剥削的广大农民，陷入了更苦难的境地。

1931 年夏天，广大贫苦群众与国民党反动派、封建势力的矛盾日益激化。这一带的群众大多数以养猪和熬小盐为主要副业，而国民党税务局又在税收上增加了猪头税，提高了小盐税。这时，我们党不失时机地提出"反对苛捐杂税，取消猪头税，降低小盐税"等口号，立即得到了广大群众的热烈响应。

---

* 本文原标题为《难忘的高蠡暴动》，收录时做了适当修改。

8月，在一次民间的庙会上，国民党的税收人员又去庙会"发财"，早上收了一次税，中午又要收。他们拦住了几个卖小盐的，要他们缴税。卖小盐的老百姓说："我们已缴过税了。"税收人员说："那不算，和这不是一码事，要重缴！"两边争执起来，税收人员招来了警察，打伤了卖盐的老百姓，惹怒了广大群众。

眼见这种情况，我们立即组织了群众在庙会上游行示威，号召广大群众去县政府请愿。不大工夫，参加游行的群众就达到了1000多人，浩浩荡荡的队伍游行到国民党县政府门前，把县政府围了个水泄不通。当群众正要冲进县政府的时候，县长才满头大汗地跑出来，被迫答应了群众减免小盐税的要求。

这时，欢呼声四起，群众第一次认识了自己的力量。游行队伍离开县政府，行进到了庙场前面人最多的地方。突然，不知是谁用力喊出了一声："共产党万岁！"立即得到整个游行队伍的响应。霎时间，"共产党万岁"的口号响彻了整个县城，高蠡地区党组织领导的第一次群众运动胜利结束。

1932年8月，省委军委书记湘农、保属特委书记黎亚克两位同志，在蠡县南玉田村召开了高阳、蠡县两县县委联席会议，参加会议的有高阳县委书记翟树功、蠡县县委书记宋洛曙等人。会议分析了高、蠡两县敌我力量的情况，提出了对两县全体党员加强组织纪律教育的要求，计划在9月下旬青纱帐未倒之前，举行联合武装暴动，待保定第九旅扈营起义成功时，相机攻打蠡县城，拿下博野城。然后将自己的队伍加以武装和整编，继续向完县、唐县方向进发，以便利用山区地形广泛地展开游击战争。

联席会议结束后，蔡书林便秘密地找到我，传达了上级指示，并讲了"三五"计划。内容是第一个五天扩大宣传，散传单、贴标语，宣传共产党的纲领，号召穷人起来闹翻身；第二个五天是侦察地主豪绅大院的地形，设法搞枪支弹药，并暗中进行一些军事训练；第三个五天开始暴动。

根据上级的指示，我们西演村的党员立即行动起来，几乎天天夜里出去写标语，有时甚至走出一二十里去写，其他村的党员也在积极行动。不几天，我们的标语到处都是，甚至出现在高阳县城里。反动警察天天拿着铁锨去铲标语，并四处抓人，但一个也抓不住。

8月27日，在省委军委书记湘农和保属特委书记黎亚克同志指挥下，蠡县宋庄村首先举行了暴动。革命队伍在周围村庄打土豪、分粮、分布、分衣，颁布革命纲领，宣传群众，扩大队伍，收缴武器，先后走过40多个村子，广大群众应声而起，一两天之内，队伍就发展到200多人。随后队伍进行了整编，把宋家庄暴动的队伍编为河北省红军游击队第一支队第三大队，在湘农、宋洛曙同志指挥下，由宋庄村出发奔往南玉田村，与田德胜同志领导的队伍会合。同时将南玉田村一带集合起来的人编为第二大队。

8月30日，队伍冒着蒙蒙细雨东渡潴龙河，进入高阳县境，经过大兴庄、边庄、庞家庄，进了南辛庄，直逼警察局。

中午，雨越下越大。这时，与警察局相邻的学校中，有一名教员带着手枪冒雨来与湘农同志联系，并自告奋勇要求带人去拿下警察局。湘农了解情况后，立即选派了40余名精干的武装人员，在这位教员的带领下去攻打警察局。他们首先破坏了敌人的电话线，然后前进到警察局附近。经过一番侦察，发现没有哨兵，猛地冲进警察局，加上我们内线的接应，未经战斗就迅速俘虏了全部敌人，缴获了长短枪30余支、子弹两箱，并活捉了警察局局长。

随后，湘农同志在警察局里召开了由群众和暴动队伍参加的大会，庄严宣告：高蠡县苏维埃政府成立。接着，在门楼上竖起一面红旗，旗上写着"中华苏维埃河北省红军游击队第一支队"。队员们找来红布，叠成四指宽、两尺长的红布带，系在脖子上，并起名叫"牺牲带"，霎时间，眼前一片红色。

大会上，大家一致推选湘农为苏维埃主席，宋洛曙为副主席。高蠡县苏维埃政府成立后，立即通知附近村子的地主豪绅，让他们给队伍送给养，上缴私藏的武器。接到通知的地主豪绅听说红军一枪未放便攻下了警察局，早已吓破了胆，不少人遵从了苏维埃政府的命令。

这夜，我接到了通知，说第二天暴动队伍要来我们村，我便立即召集全村的党员开会，汇集了八大地主家的情况，进行了一番研究和部署。

第二天早晨，天还没亮，我和十余个党员出村去迎接队伍。刚走出一里多地，就和队伍碰了头。红军游击队来了二三百人，前面打着红旗，干部和战士都挂着"牺牲带"。

蔡书林走在队伍最前面，湘农、宋洛曙等同志跟在后面，他们见了我很高兴，忙问："八大家有什么情况？"

我说："没什么情况，有些吓跑了，枪支大部分掌握在咱们手里！"他听了很高兴，立即分工，由我们分头领着去抄地主的家。

进村后队伍分散开，我带着十余个人直奔大地主牛宋元家。牛家大门紧闭，我们敲了半天，也敲不开。这时，有人一指房上喊道："这老家伙拿着枪上房了！"我们赶紧往后撤。隐蔽好了一看，这家伙果然拿着一支步枪和一支盒子枪藏在房顶墙垛后面。我们喊话让他下来缴枪，他不动，再喊一阵也没动静。张玉生和我们几个人悄悄绕到地主房后，架上了梯子。张玉生首先提着枪向上爬去，我跟在他后面。老地主正在向下瞄着，张玉生轻轻上了房顶，举起枪对着他的脊梁大喝一声："不许动！"老地主回头一看，吓得哆嗦着把枪扔到脚下。我拾起枪，跳进院子，打开大门，人们像潮水般地一拥而上，分头搜查武器和浮财。

不大工夫，八大家（地主）的大门都打开了，人们往外搬衣物、粮食。街上人来人往，好不热闹，花花绿绿的衣服，黄澄澄的麦子，堆满了街筒子。一开始，老乡们还不敢出来分，待我们喊话后才出来分东西。在分东西的同时，我们还找出了地主们藏在柜子里的地契、借帖、账本，在街上一把火烧掉了。

分完地主的浮财，湘农同志在村东小学校门前讲话，四周聚集了好几千人。湘农同志讲了红军的纲领，指出穷人翻身的日子已经到来了，号召大家团结起来闹革命。开完会，又重新编队，北辛庄和我们村的人编为第一大队。然后，水没喝，饭没吃，又向邻近的安家庄进发。在安家庄村，我们收拾了几个地主，还收了几支枪。老百姓也热情地拿出鸡蛋，端着热水，冒雨站在路边慰劳我们。我们一路上没耽搁，又折回头向北辛庄村开去。

大约中午1点多钟，我们回到了北辛庄学校。忙了一上午，大伙又累又饿，休息了一会儿，刚要吃饭，猛地听到西边响了两枪，接着有人喊道："敌人来了！"

我们为了防备保定的敌人，在潴龙河大桥上放了哨，没想到敌人的骑兵从安国方向来了。一时间有人显得慌乱，很快，枪声响成一片。湘农同志立即做了布置，接着和蔡书林等人上了房，阻击南边来的敌人，我们向西大门冲去占据有利阵地。还未冲出大门，就被一阵机关枪给打了回来，我们便趴在门侧、树后、窗台边阻击敌人。

太阳偏西了，有人喊："北边的敌人被打跑了，快撤！"

我收起枪，跟着大伙跳过墙头，突围出来。出来好久，听见学校方向还响着枪声。事后才知道，蔡书林同志为掩护大家撤退，被围困在房顶上，腹背受敌，最后同其他 16 位同志一起壮烈牺牲了。

慈峪暴动[*]

郭 强

我原名叫郭自修，家住在灵寿县康庄村，离慈峪镇有5华里。我们这一带地处丘陵，岗峦连绵，河流纵横，耕地很少，多为贫瘠薄田，且80%被地主霸占，广大贫苦农民少地无土，只有靠给地主扛长工、打短工和种租地为生，生活极端困苦。从1927年到1932年，又连续遭受三年旱灾、两年涝灾，加之军阀混战和兵匪骚扰，农民更是走投无路。

我是1931年2月由刘三景和苏凤德介绍加入党组织的。入党后，我又介绍了董老良、赵老敬等20多人入党。我先是担任康庄村支部书记，后来担任康庄、名布、郄凹三个村的总支部书记。

随着党组织的不断发展，党领导农民开展的反对国民党

　＊ 本文原标题为《忆慈峪暴动》，收录时做了适当修改。

反动统治和地主阶级压迫剥削的斗争也迅速发展起来。1931年冬天，陈庄附近农民举行了反猪羊割头税的斗争。1932年春天，陈庄一带五六百民众向富户索要粮食，开展"吃大户"斗争，慈峪党支部发动群众痛打了国民党走狗侯云田，开展了割电线、撒传单、贴标语的斗争，搞得国民党当局坐立不安。这些都为后来的慈峪暴动奠定了基础。

1932年6月中旬，中共直中特委书记李耕田、团特委干部苏凤德带着河北省委关于组织农民武装暴动的指示来到灵寿，部署灵寿慈峪暴动工作。他们先到其他区村了解检查了党的工作后，由二区区委书记马文耀介绍住在我家（我当时担任康庄、名布、郊凹三个村的总支部书记）。

翌日，李耕田、苏凤德同灵寿县委一起研究了慈峪暴动的行动计划，确定6月23日晚以慈峪镇为中心举行武装暴动，灵寿县城关、陈庄配合行动；先收缴慈峪保卫团和警察局的枪支，然后把队伍拉到陈庄北沟开展游击战争，创造北方苏区。同时，还确定了暴动的领导机构，定名为"工农红军华北第一游击司令部"，马文耀为司令，苏凤德为政委。

暴动当天上午，我背着4条土枪和另外11个人一同向慈峪镇东河滩树林走去。走到东河滩时，正是太阳刚落山的时候，干农活的百姓陆续回家。这时，各路人马按行动计划陆续集中到东河滩树林，天黑时达到了1000余人。

暴动队队员到齐后，马文耀对大家说："同志们，多少年来，地主老财压迫得咱们连气都喘不过来，保卫团横行乡里，欺压百姓，无恶不作，是我们劳苦大众的死对头。今天晚上咱们要收拾他们，先收拾保卫团，缴他们的武器，再收拾那些地主恶霸，让他们也尝尝咱们穷苦人的厉害。"

他说完后，李耕田又讲话，我插嘴说："天已经不早了，快行动吧！"

随后，暴动队伍在马文耀的带领下，向慈峪保卫团奔去。到保卫团驻地一看，大家都愣了，平时保卫团都是10点钟才关门，今天怎么这么早就上了门呢？从门缝往里一瞧，院内灯火通明，二门口还架着一挺机关枪，有两个保卫团的团丁守卫着。

队伍在马文耀的指挥下，把保卫团房屋包围了起来，有三四十人搭了人梯上了房。上房后，看到各屋都点着灯，团丁们怀里抱着枪，都在屋里蹲着，一点动静也没有。由于房子太高，下去也不方便，马文耀便向院内扔了一枚手榴弹，马丙武又打了一枪，原想把团丁引出屋来收拾他们，不料团丁把灯一吹，缩在屋里就是不出来。眼看天也快亮了，马文耀便令大家退了出来，暴动队队员分散回家，第一次暴动就这样结束了。

暴动失败后，李耕田、苏凤德、马文耀、刘三景和我去了石家庄，一起讨论总结了暴动失败的原因，并向省委做了汇报。随后，特委派刘三景和我立即回县开展工作，发动和组织群众，准备第二次暴动。

8 月初，特委和县委在南燕川北沟召开了参加暴动的各级党组织负责人和骨干分子会议，对暴动问题做了具体部署：

（一）决定在 8 月 21 日 12 点举行暴动。

（二）在全县选拔 300 名年轻力壮、精明能干的共产党员、共青团员组成敢死队，由马文耀任敢死队队长，负责军事指挥，苏凤德负责政治工作，我担任参谋兼交通，负责与上级和各县联系。

（三）暴动那天，由我担一担手榴弹和快枪，装扮成卖姜的，在保卫团门口吃喝等人。人到齐时就喊一声"连发带卖的老姜"，几名暴动队队员装成买姜，并故意因价钱问题而扭打，其他人都扮成看热闹的和拉架的，趁机抢夺门卫枪支，冲进保卫团，夺取武器。而后，组织赤卫队，收缴地主的武器，分粮吃大户，开展游击战争。

（四）按照分工，我们分头到各村召开会议，动员和组织群众，加快做好暴动的准备工作。

8 月 21 日是慈峪镇的集日，赶集的人特别多，显得非常热闹。从上午 10 点开始，各村的暴动队队员陆续赶到了集上，有二三百人，全是青壮年。有的穿着大褂、戴着礼帽，有的穿着紫花布裤褂、戴着草帽，有的手里拿着条口袋，也有的在胳肢窝里夹着个褡裢，说说笑笑地在街上转来转去，有的蹲在茶馆里喝茶，但各自暗中带着短武器和手榴弹。我也担上老姜担子（内装手榴弹、快枪等武器，上面放了一些老姜）到了慈峪镇集上。

接近中午时，我把担子放在保卫团门口，一边注意保卫团内的动向，一边吆喝卖姜。眼看快到中午了，我喊得更起劲，大家的眼睛全都盯着我和保卫团。

千钧一发之际，通信员走过来高声说："老郭，你卖了多少姜，天气晌午了。"然后低声说："老郭，不得了，听说保卫团已经发觉，他们又有准备了，苏凤德和马文耀让我来告诉你停止行动，你快担担子走开吧！"

话音刚落，我就看到保卫团门口又增加了2个哨兵，并架起1挺机枪。报信的人走后，我看到集上的暴动队队员都陆陆续续地撤了，我也担起担子慢慢地走到南街马文耀家中。这时，苏凤德、马文耀也刚从外边回来，之后又陆续来了100多人，大家一致要求按计划举行暴动。苏、马向大家解释说："同志们，今天不行了，因为保卫团已经发觉，如果再去是要吃亏的。"

可同志们的决心很大，表示非要和保卫团干到底，要和他们拼个你死我活。马文耀和苏凤德经过研究，决定执行暴动的第二步计划——进深山打游击，沿途收缴地主的枪支，分粮吃大户。

苏凤德把我叫出去秘密地告诉我说："你和张二录到行唐去一趟，找卢尚信（县委书记）借两支手枪，并叫他派几位懂军事的人来帮助我们。"于是我和张二录离开了慈峪镇，连夜向行唐安香村走去。由于路不熟，直到天亮才走到安香村，找到了卢尚信，说明来意，他安排我们暂时住在那里。

在我们离开了慈峪镇后，苏、马就布置了夜晚行动，由马任大队长，带领队伍冒雨从慈峪出发，直取徐家町，收缴了地主的枪支，把粮食和布匹分给群众。而后又到湾里，收缴了地主的枪和粮食。到天明时，已收缴了五六个村的地主的枪支，人数已发展到一百四五十人，已有五六支快枪、2门土炮、20多支土枪、五六十枚手榴弹和大刀长矛等。

第二天，我们在行唐县城听到了这个消息，心里非常高兴，就忙着往回赶去寻找队伍。当我们走到陈庄北沟时，发现"围剿"暴动队伍的灵寿保卫团刚走过。我俩又到了芝麻沟，找到了暴动队伍。

苏、马和我三个人研究了下一步行动计划：我认为应该白天散开，夜间聚集，以缩小目标，先把石嘴北沟的老财杀尽，封锁消息，同时训练队伍，提高战斗力；可苏、马两人却主张把队伍往回拉，继续攻打慈峪镇，歼灭保卫团。由于我们意见不统一，苏凤德写了一封信，叫我去新乐向特委请示报告，并督促我连夜就走。

我没办法，只好奔赴新乐，走到行唐县时，碰到了县委的卢琴良。他告诉我，省委和特委知道我们已经行动，并派人来帮助，行唐也派了一批人去支援。于是我又往回返，当走到离家1里路的名布村时，听说苏凤德、马文耀率领的暴动队伍在袭击南贾良大地主赵学恒后，被行唐、无极、正定、藁城、灵寿五县的保卫团打散了，还牺牲了两位同志，第二次慈峪暴动就这样失败了。

亲历慈峪暴动[*]

马景读

我是 1932 年 3 月由我村党支部书记马文耀（后任中共慈峪区委书记）介绍加入中国共产党的。当时，我们这一带村庄自发建立了党组织以后，曾多次领导群众同国民党反动政府、地主豪绅进行坚决的斗争，其中最大的一次是慈峪暴动，也叫红星暴动。

第一次暴动是在 1932 年 6 月 23 日晚，计划是夺取驻扎在慈峪村的保卫团的枪。晚上 8 点多钟，我们集合了四五百人，除白清太等四人负责站岗外，其余的人都跟着马文耀到了保卫团附近。到门口一看，大家都愣住了，平时保卫团都是十来点钟才关门，怎么今天早早地就上了门呢？从门缝往里一瞧更糟，院内灯火通明，二门口还架着一挺机关枪，有两个保卫团的团丁守着。

＊ 本文原标题为《慈峪暴动的片段回忆》，收录时做了适当修改。

这时，马文耀向大家一摆手，刘五辰和我等七八个人绕到侧面，打着二马肩爬上了房顶。上去一看，发现各屋都点着灯，团丁怀抱大枪，身披子弹袋，在屋里蹲着。马文耀一看保卫团有了准备，便急中生智扔了一颗手榴弹（未响），马丙武顺手又打了一枪。原想把团丁引出屋来再收拾他们，不料这帮狡猾的家伙把灯一吹，任凭你扔手榴弹打枪，他们就是缩着一动也不动。后来又多次喊话，敌人还是不动弹，眼看天快亮了，实在没有办法，马文耀便愤怒地对大家说："既然他们有了准备不出来，没法闹了，以后另想别的办法收拾他们吧！"这样，第一次暴动结束了。

第一次暴动失败的教训，使大家受到教育，说明单凭蛮干是不行的。因此，马文耀便想了个"智取"的办法，确定在 8 月 21 日趁慈峪大集时白天动手，先夺保卫团的枪，然后进山打游击。在动手前七八天，马文耀还叫我到陈庄、白咀沟、水泉村，给一个姓赵的同志送去一封信，约定他们在 8 月 21 日同时动手。

8 月 16 日中午和 20 日晚上，又召集附近村的党员开了两次会。马文耀和李耕田同志讲了上次暴动没有成功的原因和枪杆子对穷人如何重要的道理。他们说："上次没有成功，主要是我们事前组织得不好，咱们的枪少不顶事，所以没有收拾了他们。再说，又不能光凭蛮干，非用智取不行。咱们这次动手，不光有本地的同志，还有行唐、新乐等县的党员带大枪来支援。"

会议决定于 8 月 21 日中午 12 点钟，里应外合齐动手，全部行动计划是：（1）8 月 21 日上午 11 点钟前，各村党员散布在保卫团门口附近等候。（2）由郭自修（郭强）、郝洛海和一位姓王的同志，化装成推车的把手榴弹送进去，由郭自修化装成卖老姜的，把挑子放在保卫团门口，装作与买姜人争吵，要到保卫团里去打官司，趁势冲进保卫团。保卫团内的地下党员张玉女、张昌瑞做好内应。（3）行动号令。到时候郭自修吆喝一声："卖老姜喽!"即开始行动。（4）外边的人向里冲，内应的人把守好武器，先夺保卫团的枪，后打公安局，然后再收拾灵寿城里的保卫团。同时对站岗放哨、侦察敌人等具体行动也进行了安排。

第二天吃了早饭，我就到了集上，发现今天赶集的人特别多，非常热闹。到十来点钟的时候，来了二十来个虎头虎脑的壮小伙子，有的穿着大褂、戴着礼帽，有的穿着紫花布裤褂、戴着草帽，有的手里拿条布袋，也有的在胳肢窝里夹着个褡裢，说说笑笑地在街上转来转去。

11 点多钟，郭自修他们担着姜挑子从西街转过来了，看样子分量还不轻，把扁担都压弯了。他把担子放在保卫团大门口南边，擦去脸上的汗水，便小心谨慎地揭开篓筐上的盖子，拿出两块老姜摆在上面，边看边等待着动手的时刻。

这时，我往北走了几步，斜着眼往保卫团的大门内一瞥，立即被吓了一跳：大门口站着双岗，二门口又架上了机关枪，旁边还站着两个披挂子弹袋的团丁。这使我立刻紧张起来，怎么保卫团又有准备了呢？

我赶紧转回身去找到马文耀，把刚才看到的情况向他做了汇报，随后我俩又去察看了一下，感到敌人确实又有了准备。马文耀立刻让我告诉郭自修和其他人，停止行动，马上撤到村东去开会！

等人们集合好，马文耀气愤地说："大家考虑考虑，怎么敌人又有了准备？这是关系到好几个县的大事，准是从咱们内部捅出去的信，今天非查个水落石出不可。"大伙也气愤地说："这事也怪了，怎么保卫团摸得这么准呢？该到收拾他们的时候，他们就预先有了准备，这里边一定是有了奸细。"

可是谁是奸细呢？大家你看看我，我看看你，谁也猜不透是谁。待了好大一会儿，不知谁说了一句："我看除非是张昌瑞，保卫团团长王清岳是他干爹。张昌瑞参加过咱们的会，知道得清楚。"

这时大家也对他有了怀疑，要不然敌人有了准备，他怎么也不通知咱们一声呢？马文耀若有所悟地点了点头说："是不是他以后再说吧！今天晚上还在这里集合，咱们到各村去收拾地主。"后来查证，确实是张昌瑞叛变，把我们的行动计划报告给敌人。

吃过晚饭，集合起100多人，马文耀对大家说："今天晚上咱们到土头、徐家町、西湖社去收缴地主的枪。"说罢，马丙武扛着一杆大旗，在头里一走，大家就奔土头去了。

到了土头，砸开了地主安登云家的大门，把他堵在屋里。安登云哆哆嗦嗦地问："你们干什么呀？"马文耀把枪往他身上一顶说："把你那大枪拿出来！"安登云刚说了句枪没放在家里，马文耀就把他的胳膊拧了过来，使劲往上一掀，痛得他狗叫似的忙说："有、有、有，我给你拿去。"人们跟着他到了西屋，拿出了 1 支锃亮的新步枪，又收了他 5 发子弹。

旗开得胜，人们的劲头更大了，走到土头村西，马文耀笑着对大家说："咱们到徐家町去收地主刘二清的枪吧！郝洛海他们在村里等着呢，刘二清那支枪好收。"走到村口，由郝洛海领着大家进了村，直奔地主刘二清家。人们来势凶猛，三脚两杠子就砸开了大门，一拥而入。而刘二清胆小如鼠，果然没费什么事就把枪交出来了。随后大家又赶到了西湖社，不仅收了恶霸地主罗长道的枪支，还让乡亲们分了他家一部分粮食和财物。

收了地主罗长道的枪以后，天就快亮了。为了隐蔽，我们就奔鲁柏岩山上去了，大家就过上了游击队的生活。马文耀不断地向大家说："现在我们虽然收了地主几支枪，但现在仍是人多枪少，还要想法多弄枪。以后大家行动时，就要像军队一样，服从命令，不要糟害老百姓。"

我们到了鲁柏岩山上的时候，这里的道观内有个老道，平日仗着放高利贷、出租地，欺侮老百姓，当地群众都恨他，所以我们到了道观内，把老道的地契要出来烧了，还打开他的仓房吃了一天。

8月24日，天快亮的时候，慈峪保卫团悄悄地追踪而来。马文耀一看保卫团的人很多，为了避免损失，便指挥大家向朱家背转移，接着拉到芝麻沟去了。为了侦察敌人的行动，我便悄悄地转回了家。

8月25日傍晚，我听说马文耀领着游击队队员在马里湾王洛茂家，便去联系。去了一看，20多号人正在吃饭。饭后，马文耀向大家说："咱们一不做，二不休，既然已经干起来了，今晚到南贾良赵红眼家去收他的枪。"他问大家还敢去不？申旦、马云龙、刘五辰等人异口同声地回答："敢去，怕死就不干这个，干这就不怕死，走，走!"说话间，大家就奔南贾良去了。

南贾良赵红眼（赵学恒）是当地有名的大地主，户大、房高、人多，铁打的似的大门赛过城门。马文耀、申旦、兰妮、马云龙、尹吉生、刘五辰、马丙武等七八人，便从东边几间矮房子上爬到赵家东房，先向院内扔了一颗手榴弹，轰的一声，把砖铺的院子炸了一个大坑，砖头瓦块四处乱飞，给了地主一个下马威。

这时，没有战斗经验的申旦、兰妮二人，听手榴弹一响，便高兴地在房上喊叫地主缴出枪来。然而任凭你喊破嗓子，赵红眼蹲在屋里就是不答话，急得申旦、兰妮在房上叫骂，狠毒的赵红眼在屋里瞄准，两枪就把申旦和兰妮打倒了。人们一看打伤了两位同志，便向赵红眼还了几枪，才把他压了下去。申旦负伤后，痛得在房上翻滚起来，大家一把没抓住，他便摔下房去，一声没喊便牺牲了。大家七手八脚地把兰妮架下房来，撤出了村子。可惜的是，兰妮因流血过多，到了河滩就牺牲了。大家含泪掩埋了他们的尸体，都非常悲愤地说："枪没有收成，倒牺牲了两位同志，以后非报仇不可！"

由于暴动闹得声势浩大，连着收了几家地主的枪，并分了一部分粮食和财物，又和南贾良的大地主打了一仗，使各村的地主都十分恐慌，同时也引起了国民党反动当局的注意。他们派出大批保卫团、警察局的差役到处搜捕我们的同志，不少村的地主也趁机进行报复，向国民党反动派告密，斗争环境日益恶化。在这样的情况下，暴动队伍不得不解散，转入隐蔽斗争。

藁南农民起义[*]

马运海

1933 年三四月间，中共直中特委和藁城县委相继遭到国民党当局的破坏。7 月，在临时直中特委的领导下，重建了中共藁城中心县委，负责领导藁城、赵县北部和栾城东北部地区党的工作。到 1933 年 12 月末，藁城县已有 80 多个村庄建立了党团支部，大的村庄，党团员有六七十人，一般的村庄也有 20 多人，党领导下的"穷人会"的赤色群众有 1500 余人。

1934 年 12 月 3 日，中共藁城中心县委在南古庄召开县委会，朱诚、程熙、高小福和我出席了会议，县委书记朱诚主持会议。会议分析了藁城当前的政治形势和敌我力量对比，决定于 1935 年 1 月 13 日晚 11 点钟，以东刘村为中心举行藁南暴动，并研究确定了具体事宜。

---

[*] 本文原标题为《回忆藁南农民起义》，收录时做了适当修改。

藁南暴动划分为三个战区，第一战区以东刘村为中心，由我负责传达会议精神，具体组织暴动事宜；第二战区以北楼村为中心，高小福负责传达会议精神，负责本区暴动事宜；第三战区以马庄、南营为中心，由程熙负责向县委委员张洛秦传达会议精神，他们两人负责本区暴动事宜。县委书记朱诚担任总指挥，程熙、高小福、我为副总指挥。

暴动以各村的党团员为骨干，发动群众组成收枪突击队，负责夺取本村保卫团的枪支。事成后，将队员带到藁城南门外沱石路集合，统一行动。首先消灭东刘村保卫团，接着攻打县城，行动口号是"攻占县政府，分粮吃大户"。如果暴动成功，组织一支农民武装，开展游击战争，建立革命根据地；如果攻城失败，就把队伍拉过平汉路西，到阜平山区打游击。

赵县县城北门里驻着敌冯占海部的三营十一、十二连，官兵中有少数共产党员，还有一些士兵有抗日救国的要求。我们决定由朱诚负责策动该部士兵进行兵变，以支援藁南暴动。为了加强这两个连队党的力量，以确保兵变能取得成功，还从赵县的党团支部中挑选十多名党团员去到冯部当兵。

考虑到滹沱河以北党的力量薄弱，不发动暴动，但要支援藁南暴动，由我具体负责这项工作。

南古庄会议这一天，从早到晚大雪下个不停。会议结束后，我怀着无限喜悦的心情，踏着一尺多深的积雪，先到东刘村召开党支部大会，向全体党员传达了中心县委会议精神，而后组织大家进行讨论。讨论中，大家一致拥护县委关于举行武装暴动的决定，并表示进一步发动广大贫苦农民，积极做好各项准备工作，迎接暴动的到来。会议后，我又赶到滹沱河以北，找到小学教员芦金堂、李一民、赵村北等人，让他们发动进步教员，购买红布制作暴动队伍的队旗，印制传单，届时在藁北各村散发，支援藁南的暴动，以扩大影响。

1935年1月13日天傍黑时，朱诚带领身上背着一台油印机的武荣海来到东刘村刘洛振家，总指挥部就设在这里。晚上8点多钟，东刘村的党团员和赤色群众100多人，陆续到指定地点——刘傻全的园子里集合。当时没有枪，人们手里拿着大刀、斧子、镰刀等生产工具。朱诚在大家面前进行了动员，说明暴动的意义，号召大家要不怕流血牺牲，夺取暴动胜利。然后我把暴动队伍编成1个大队，下辖3个中队，每个中队30多人。编队后，又下达了战斗任务：一中队负责警戒和封锁路口要道；二中队负责攻打保卫团，夺取其枪支；三中队负责切断东刘村与藁城电话线路，断其通信。

当晚9点钟，一切准备就绪，人们怀着迫切而兴奋的心情等待着暴动时刻的到来。但还没有接到行动命令，马成安、马运新、李小车等人就急迫地带人冲进了保卫团驻地。这时，地主马洛善和马洛富、保卫团团长王洛保和团丁正在一起围坐而谈，商量如何催粮逼差，过个好年。一见闯进这么多持刀斧、棍棒的人，都吓得目瞪口呆、惊慌失措。

马运新率先闯入屋内，把桌子一拍，厉声喊道："把枪交出来！"这时，突然有人把灯熄灭，屋内一片漆黑，一下子乱了起来。保卫团团长王洛保趁机钻到桌下，地主马洛善、马洛富趁机外窜，被暴动队队员砍倒在地，王洛保在桌下也被我暴动队队员捉出来打成重伤。一个团丁脖子被我暴动队队员用镰刀砍伤，跑到房顶上大喊大叫起来。在一片混乱中，保卫团团丁趁乱摸进枪室抓起枪支，向我暴动队队员射击，地主狗腿子村副刘洛顺听到呐喊声、刀枪声，从家里跑出来，边跑边喊要到毛庄分团局子报告，被我警戒队队员劈死在村东口。

暴动队队员只顾厮杀，没有夺到枪支，厮杀中李小车的脖子被打穿，闵迎春的胳膊负伤。队员看到这些情况，战斗士气顿时受到影响，开始扶着伤员缓慢后撤。这时，敌人登上团部房顶，一方面向我猛烈射击，一方面朝毛庄保卫团的方向射击报警（东刘村与毛庄相距两公里）。

为避免更大损失，总指挥朱诚决定：停止暴动，队伍立刻撤出东刘村分散隐蔽；伤势过重撤不走的伤员，就地隐蔽好，生活由当地党组织派人负责照顾。

暴动队伍撤走后，已是深更半夜。朱诚、我和武荣海撤出东刘村，到了五界村南一个窝棚里，阻止南来的第二、第三区暴动队伍，等到天亮时也没有见到他们。

第二天拂晓，国民党当地政府、警察局协同保卫团总团和毛庄保卫团一起包围了东刘村。他们进村后挨家挨户搜查，当夜没有撤出的伤员李小车、闵迎春和队员刘玉奎、温小乐等八人不幸被捕。

蔡小庄农民武装暴动[*]

杜树森

蔡小庄，地处河北省大名县西部，跟大名县城 45 华里，村前弯曲的漳河由西向东缓缓流去。高大的北大堤横卧村北，宛如一条巨龙。邯郸至元村的公路从村东头经蔡小庄大桥纵贯南北，交通方便。

1935 年中共直南特委为了加强我们这一带农民运动的领导，派王从吾同志以特派员的身份来开展工作。在他的领导下，我们从公开的合法斗争，逐步转变为秘密的、有计划、有目的的暴动。

6 月下旬的一天傍晚，王从吾同志一身农民打扮，腋窝里夹着个褡裢，来到了我村王大如同志的瓜地里。王大如一看是老王来了，忙要回家给提饭，他拉住说："不用，吃根菜瓜就行，你赶紧通知王学林、曹子亭和有关同志到柏树坟

---

* 本文原标题为《回忆蔡小庄农民暴动》，收录时做了适当修改。

43

开会。"

参加这次会议的有我村的王学林、曹子亭、杜均和我，还有外村的一些负责同志，总共有十多个人。王从吾首先听取了各党支部有关暴动准备的情况汇报，然后讲道："这次暴动咱们党组织要由地下转为公开。不光是我们村，周围十多个村都要一起动手，最后我们要集中在一起开展游击战争。现在日本鬼子还没有打到我们这里，咱们要抢先下手把政权夺过来，领导百姓坚决抗日！只要咱们计划好，坚强、沉着，别看几杆土枪，也要把敌人收拾干净。这次暴动是每个共产党员大显身手的时候，大家要随机应变，保证取得胜利！"大家先后发言，表示坚决完成任务。

当晚，我村党支部就行动起来，王学林带人去收地主崔野冲的枪。令人惋惜的是，队伍到了柏树坟附近后，因为负责联络接应的崔正国同志口吃，没能及时回答口令，被王学林误开枪打死了。枪声惊动了敌人，暴动队伍不得不改变计划，临时撤退，这次收枪没有成功。

1935年7月1日下午，我们以"甘礼会"会员为基础，没收了我村杜金荣、曹致贵等7家地主的20多支枪、20多石粮食，并把粮食分给了贫苦农民。

为了尽快获得更多枪支，我们经过研究，认为有几个"尖子户"应当首先解决，只要把他们的枪收了，别的就好办了。其中一户就是王学林同志的姨夫曹振国，组织决定由王学林负责去收他的枪。

曹振国有地三四顷，雇有庄丁 70 多人，有 1 支盒子枪和 1 支盖板。他仗着人多势众，夸下海口："这伙穷小子真找碴，到处收枪，嘿嘿！收别人的枪可以，想要收我这两支枪，比登天都难！"

王学林同志是个魁伟的黑大个，性情暴躁，但革命很坚决。他找到外号"诸葛亮"的杜营合计了一下，两人就大胆地走向曹家。到了门口，王学林站在门外等着，杜营提了个棍子闯了进去。一进门，三只大黄狗一齐向杜营扑来，被他棍子一抡全打跑了。

他径直走向曹振国住房，见了他就说："王学林找你，叫我看你在家没有，他在外面等着呢。"说着，曹振国同杜营向外走去。

一到门口，王学林迎面走了上来，说："姨夫，你不是捎信让给你修枪吗？现在我有点时间，给你看一下吧。"

他答道："那好，快到家里去，我这支盒子枪有点毛病，不好用，谁也修不好。"

因王学林是他的外甥，没有怀疑便把枪交给了王学林。王学林接过来，问道："子弹呢？让我试一试。"

曹振国顺手把子弹交给了他。王学林把子弹推上了膛，对准曹振国说："现在借你的枪用一下！"

曹振国惊讶地说："什么，你小子，要收我的枪？"

王学林说："不仅要这支枪，还要那支，快拿出来！"

曹振国冷笑着说："嘿嘿！学林，你这孩子，咱们是亲戚，怎么能收我的枪！真连姨夫也不认了？"

王学林斩钉截铁地说："我叫你姨夫不假，这个枪可不认识你是姨夫！那支枪在什么地方？快给我拿出来！"

曹振国吓得冒冷汗，连声说道："有，有，在炕上席子底下。"杜营同志按照他指的地点，取了出来，两人就兴冲冲地走了出来。

在大家的共同努力下，通过动员党员献枪、自筹枪和智取地主的枪，这时已有50多支枪。

第二天，双庙村党支部的郭海宽带领十七八名同志，西代固村的谷湖带领十五六名同志前来支援。不到天明，暴动队伍就聚集了100多人，成立了"工农北上抗日游击队"，由杜均同志任指导员，王学林同志任队长，郭海宽、谷湖两同志任副队长，公开提出"打倒土豪劣绅，反对贪官污吏，取消苛捐杂税，抗日救国"的口号，并在我们村东头的三教堂安起了大锅吃饭，以便统一行动。

7月3日下午，王学林带着20多名队员，从蔡小庄出发，沿着西北的大道，直奔高八庄。蔡小庄暴动的消息震惊了周围村的地主，高八庄的地主王二燕早已被吓破了胆，见队伍开到他家要收他的枪，就乖乖地交了出来。

王学林同志站在队伍前面，对前来欢迎和看热闹的老百姓讲道："乡亲们，现在日本鬼子正向我们这里进攻，反动地主和土豪劣绅同国民党一样不抗日，我们要把他们的枪收了，组织起来打日本鬼子。游击队是抗日救国的，有愿意参加的，我们热烈欢迎!"日头偏西时，王学林同志同队员带着收缴的枪支和积极要求参加游击队的青年，满载而归。

这次行动，吓坏了野胡拐村的地主。晚上，他们便派人到蔡小庄找游击队联系，准备把他们的 20 多支枪交出来，后来由于形势突变，枪未交出来。

由于游击队的行动直接触犯了反动统治阶级的利益，蔡小庄的地主曹同德、杜廷臣上国民党县政府告状；双庙村、野胡拐等周围村的地主也纠集起反动武装，日夜监视游击队的行动。国民党县政府得知后，立即命令国民党骑兵第四师于 7 月 9 日开赴离蔡小庄 10 里的德政村驻扎，准备"剿灭"游击队。

面对反革命势力的反扑，党组织召开了紧急会议。王从吾同志提出："目前敌强我弱，在辽阔的大平原上和敌人硬拼，没有胜利的可能，我们应迅速转移。"同志们也认识到孤军作战是不行的，应保存革命力量，一致同意王从吾同志的意见。

在转移途中，当队伍途经双庙东地时，遇到了双庙大地主汤老跃的民团和靳百华的巡警队伏击，双方展开激战，游击队损失惨重，被迫分散隐蔽转入地下斗争。

直南暴动[*]

刘子厚

　　1935 年春，直南的救亡运动和农民运动结合起来，形成了更大的声势，党在农村的工作有了良好的基础和新的发展。于是，特委把发动武装暴动正式提到工作日程上来，并决定由我兼任军事部部长，具体负责暴动的准备工作。同时为了便于领导，特委决定以滏阳河为界，将直南地区分为东、西两片，西片由我具体负责，东片由王光华同志负责。

　　西片的行动，是在 4 月的一天夜里开始的。具体部署是任县游击小分队兵分两路，一路去缴泽畔警察局的枪，一路去缴吴岳警察局的枪，然后在薄村会合，再到平乡县去打盐巡。当时，任县环水村有一部分土匪，他们手里有 20 多条枪，平时和我们也有联系，经过做"争取"工作，他们表示愿意接受我们的领导，参加暴动。

───────────

　　* 本文原标题为《关于直南暴动的回忆》，收录时做了适当修改。

暴动队伍在薄村会合后，得知吴岳、泽畔警察局的枪都未缴到。虽然如此，大家并不气馁，经过研究，决定仍按原计划行动，拉起队伍向平乡进发。上午 10 点钟左右，我们到达平乡县的一个寨子（有二三百户人家，可能是节固）。寨里的乡亲们听说我们来了，都很高兴，不少人上街迎接。我们放了岗哨，召集各队负责人开会，研究如何打盐巡。

这时，参加暴动的那部分土匪怕吃亏，不愿跟我们一起干，打了个招呼就把人拉走了。经过反复研究，最后决定：平乡县城的盐巡不打了，这次行动到此为止。然后，集合全部队伍和寨里的乡亲们开了一个大会，由我把原来行动的想法、当前的形势和会议的决定告诉大家。同时，就发动群众、开展武装斗争问题做了一些宣传。中午，大家吃了乡亲们准备的饭，便告别寨里乡亲回到任县。

1935 年 8 月，在充分准备的基础上，我们开始小规模地行动，各个游击小组夜聚昼散，不断地打土豪、分粮食。第一次是在任县桥头村，分了一家地主的粮食，虽然规模小，但影响很大。群众纷纷起来，自发组织分粮"布袋队"，很快在任县、尧山、隆平等县蔓延开来。

"布袋队"是革命群众自发组织起来的队伍，领导叫布袋队头。他们提出来打土豪老财，只分粮不分浮财，并开会商定，约法三章，纪律严明。布袋队有小队、中队、大队，他们听从游击队的指挥，让哪个队去哪个队就去。打土豪老财时，游击队队员站岗放哨，布袋队负责分粮。任县的永福庄、马河桥等十多个村的布袋队组织得很好，许多游击队队员就来自布袋队。有的村布袋队人多势众，就自发地组织起游击队，例如五岳、安庄、六屯子、四庄子以及任县城东的游击队，都是在布袋队的基础上组织和扩充的。有的力量强大了，还自称游击大队。布袋队自发组织的游击队也归我们领导，有时开会也叫他们的头头参加。

我们接连搞了几次行动之后，进行了总结，感到采取小股行动、夜聚昼散、隐蔽进行游击战争的办法好。我们斗地主，只分粮，不分浮财，也比较符合群众意愿；农民群众不大愿意要浮财，而更愿意要粮食。后来有一些地主主动提出捐枪、捐钱，要求游击队不要再"打"他们，我们也同意了，这样既能够从生活上救济贫苦农民，也使游击队的装备得到了改善。

1936年春天，敌人迫于形势，在平原地区加强了武装力量，除了当地保安队之外，国民党又调来商震的部队驻防邢台，东北军冯占海的部队驻防高邑，宋哲元的保安旅驻防南宫，目的是阻止中央红军东征到太行山区，进入平原地区。驻防南宫的这个旅，旅长叫刘必达，反动气焰最嚣张。面对这种情况，我们讨论后决定：除了坚持平原地区的游击战争外，还需要开辟山区的工作，于是派刘振河、刘振华到内丘县的山区去，同当地的东庞党支部一起开展工作。

在开展游击活动中，在南汪店有过两次比较大的战斗。

第一次在秋收季节，高粱收了，但秆子还在地里没有砍倒。一天上午，我们十多个游击队队员在南汪店碰上了尧山县的保安队。敌人很多，正在茶馆休息，我们便迅速向村西柳河边转移。敌人发现我们后，骑着自行车向河边追来。我们以河堤做掩护，等他们靠近时，一阵射击，打得敌人丢下几辆自行车，仓皇退去。

当时天还不到晌午，我估计敌人不会甘心，就一面派人去通知其他游击队，一面继续向南撤过圣水河，在刘家坟地隐蔽起来，准备对付敌人的再次进攻。我和小吉（吉鲁林）、刘振邦正在河边商量如何行动时，敌人果然又来了，并向我们开枪。我们三人立即向东南跑去，以迷惑敌人。

当敌人来到河边时，隐蔽在刘家坟地的游击队队员突然向敌人开火，与敌人相持起来。我让刘振邦到程家庄去调游击队，从侧面接应。这时，又发现南面从任县县城来的保安队已过了大北张，敌我兵力相差悬殊，情况十分紧急。

然而，当这股敌人到达离刘家坟地约3里的刘家桥时，突然间枪声四起，任县保安队一下子乱了阵脚。我们估计是吴岳、安庄的游击队来接应了，便乘机分组掩护，过了圣水河，钻进了高粱地。敌人只是在背后盲目地放了一阵枪，而我们早已安全转移。

当晚，我们到达铁路西，进入山区，并对当天的战斗做了总结，我方无一伤亡。我们却从中深刻地体会到，利用有利地形和青纱帐，各游击队相互配合，突然地给敌人以打击，是开展游击战争的好办法。

时隔不久，又发生了第二次南汪店战斗。这次是游击队的几个小组在刘家屯集合开会，恰遇任县、尧山两个保安队在南汪店会防（敌人为防范游击队，建立了联防机制，每隔几天就会防一次），我们决心狠狠打击他们一下子。根据当时的情况，同时打两个保安队有困难，打一个有把握。于是，我们把兵力部署在通往任县县城道路上的刘家屯和李家屯。

当任县保安队会防完毕后回县城，走到南汪店和刘家屯中间时，埋伏在李家屯的游击队向敌人猛扑过去，一阵痛打，敌人慌了手脚，仓皇向刘家屯逃窜，被我埋伏在刘家屯的游击队迎头痛击。敌人被打得晕头转向，又掉头跑回南汪店。我们尾随追击，将敌人包围在一家地主的院子里。

双方都上了房，游击队员们高喊："缴枪不杀！不缴枪就全部歼灭！"边喊边向院子里扔手榴弹。敌人见四面被围，不知有多少兵力，只得喊："我们缴枪！缴枪！"敌人把枪从房上扔下来，游击队队员一拥而上，七八十个敌人全部成了俘虏。

我们把俘虏押回刘家屯，开会对他们说："我们是共产党的游击队，是抗日讨蒋、打土豪分粮的。你们都是穷人出身，不应该打我们。"俘虏急忙说："我们回去就回家，不干了！"有的说："以后碰上游击队，我们枪往天上放，不打游击队。"我们按照俘虏政策，每人给了 1 元钱，放他们走。为了保证他们的安全，我们还答应了他们的请求，派人将他们送出村外两里多远。

当天晚上，我们游击队正在李家屯吃饭，听到宋家庄方向一阵枪响。派人去了解，才得知任县保安团的另一部分人，在其团长率领下，占领了宋家庄。刘家屯的游击队已主动向敌人出击，并派人来与我们联系。由于宋家庄有炮楼，比较难攻，我们决定撤退，并告诉刘家屯的游击队也撤下来。

在撤退途中，游击队参谋长意外被流弹所伤，刚抬到唐家庄就牺牲了。参谋长是外地人，原在邢台的商震部队做情报工作，并帮助我们买枪买子弹。在他的坚决要求下来到游击队后，表现很勇敢。他平时好戴礼帽，人们叫他"礼帽刘"，竟在这次战斗中死于流弹，十分可惜。我们把他葬在唐家庄村南，当地群众一直怀念他。

这次战斗后，游击队进行了一些小的整顿：分别以六屯四庄、大北张、吴岳和安庄、永福庄等地为中心，划分为几片，各片成立游击大队或支队；对游击队的领导干部也做了一些调整；片与片之间还建立了联络点、联络站。此时滏西一带，不仅任县、尧山、隆平、邢台、内丘等县的游击队更加活跃，而且向山区活动的次数也比以前增加了。

在春节前的一段时间，游击队采取的较大行动，就是打任县马河桥村地主孙老清的战斗。

孙老清是周围几个县内数得上的恶霸地主，他建庄园、修炮楼、招打手，称霸一方，而且他家地多财巨，大放高利贷，任县、尧山、隆平以至于巨鹿的许多村庄都有他放的高利贷。为生活所迫向他借过贷的群众，每年冬季和年关，便被逼债压得喘不过气来。游击队经过多次商议和较充分的准备，决定除掉这个恶霸，为群众搬掉压在头上的一块石头。

第一次行动，是在一天下午，游击队进了马河桥，包围了孙老清的宅院。这时才知道孙老清没在家，我们商量后决定暂时不打，便撤了下来。

临过春节，我们了解清楚孙老清确实在家之后，采取了第二次行动。这天傍黑时，游击队突然进村，包围了孙家宅院和炮楼。我们喊话让孙老清缴枪，他倚仗有高楼深院，认为游击队没有重武器，奈何不了他，所以相当顽固，仍然气焰嚣张。

这时，我们一面攻进院子里，打开粮仓让群众分粮，一面穿过几栋房子，接近炮楼，把柴火堆到楼门口，准备火攻，并再次喊话让他缴枪。孙老清仍坚持不缴枪，游击队队员和群众十分气愤，便点着了柴草。楼门和里面的楼板很快烧着了，不一会儿，炮楼就像个大烟筒，火星和浓烟从楼顶上直蹿出来。

过了一会儿，孙老清的三儿子从里面跑出来，被游击队队员抓住。里面还有人喊救命，后来就听不到什么动静了。分完粮食，游击队队员就撤走了。路上，孙老清的三儿子躺在地上耍赖不走，游击队队员向他连开几枪，第二天得知，竟没有把他打死。后来知道，炮楼内的其他一些人，顺着绳子从楼上溜到房顶上，而后寻路跑掉了。孙老清这次虽然漏网，但后来仍被当地游击队队员打死，得到了他应有的下场。

1936 年 1 月 28 日，根据省委指示，正式把平汉铁路游击队扩建为"华北人民抗日讨蒋救国军第一军第一师"，由我担任师长，王光华任副师长。下面暂编两个团，滏阳河以西为第一团，我兼任团长；滏阳河以东为第二团，王光华兼团长，人员共有 1000 多人，枪有七八百支。

1936 年，红军东征未进入太行山山区，驻守直南的国民党军队转而全力对付游击队，对直南的游击队加强了"围剿"，实行残酷的白色恐怖，对人民武装斗争进行疯狂的报复和镇压。他们抓不到干部和游击队队员，就抓"布袋队"队员、抓群众，只要有哪个反动地主说话，一点头，当场就枪毙或刀杀，十分残酷。

农历四月下旬，我党设在邯郸的一个"机关"因叛徒出卖而被敌人破坏，有三位很好的干部被捕，不久被敌人杀害。当时，我和小吉都在康二城煤矿。那天我们去邯郸，半路上遇到一个洋车夫，对我们说了那个"机关"被破坏的情况，原来他是专门来给我们送信的。我和小吉商量，决定去六河沟，途中在漳河河滩里，无意中碰到了陈少敏同志。

我把情况简要地向她说了下，她听后说："正好，现在省委的交通（员）在这里，我看趁这个机会，你随他到天津去，向省委汇报一下，看省委意思如何?"于是，留下小吉由少敏同志安排，我随交通员到磁县住了一夜，从磁县坐火车到保定，转乘汽车到达了天津。

我把滏西的情况向省委高文华同志做了汇报。他说："省委的意见：一是直南的游击战争，现在要把它停下来；二是你不再回去了，另行安排工作，直南的人和枪，由组织上来安排和联系，即使丢了也不要紧，将来再换好的。"

我说："我来的意思是谈一下工作就准备回去，既然省委的意见不让我回去，那我的工作由组织安排，到哪里都可以。直南的工作既然有组织进行安排，我是放心的。"

面对国民党的残酷镇压和日寇的进攻，直南人民仍然坚持斗争。任县的刘振河同志在邢台西边的洛川地区组织了游击支队，有八九十人，他们曾带领八路军走出山区，过铁路进到平原抗战。隆平县的张子正同志在游击队的基础上组织了两三千人的队伍，配合八路军坚持抗日斗争，为取得抗日战争和解放战争的胜利，做出了不朽的贡献。

冀南武装斗争*

王光华

1935 年，冀南地区前旱后涝。夏秋之季，阴雨不断，漳河、滏阳河等接连决口，沿岸许多村寨变为水乡泽国，灾民流离失所，四处逃难。冀南特委及各级党组织利用时机，及时组织党团员在盐区和灾区发展党团组织，组建游击小组，在斗争中逐步扩大了自己的队伍。1935 年秋，东部正式成立了"中国工农红军平汉线游击队"。

我到冀南东部游击队工作后，与郭森同志配合得很得手，他除了担任广宗中心县委书记之外，还负责掌握游击队的方针政策、确定斗争对象、安排食宿、供应服装等后勤工作，以及发展地方党团组织、募捐筹款、选拔游击队员、组织"布袋队"、开展宣传鼓动工作等。我负责带队活动、日常生活管理、作战指挥（如分粮、催款、收缴枪支、镇压反

---

* 本文原标题为《冀南地区东部农民武装斗争的片段回忆》，收录时做了适当修改。

动分子）、侦察警戒等工作。游击队的每次军事行动，都是郭森同志事先联系地方党组织摸清敌情，然后我们再一起研究部署具体行动方案。

我们通过内线的情报和侦察，掌握了设在曹家庄村头庙里的反动民团的一切情况，之后商定由我和四支队支队长王宜臣、苏玉豹以及五支队的刘文信四人，带三支手枪和一支手提式机关枪突袭敌人，并安排持长枪的队员，潜伏在大庙附近的果树行子里。

那天，我们由曹家庄出来，刚一拐过村头的墙角，就望见民团门口的一个警卫空着手站在门外墙根下，正跟晒太阳的老乡聊天。当他发现我们时，撒腿就往庙里跑，我们立即追赶上去。我们刚跑进庙院大门口，那个人已跑进了庙里。于是，我留下苏玉豹守住大门，赶紧和王宜臣、刘文信急速冲进里屋。这时，屋里只有一个敌人，他还没来得及拿枪，就被我们的枪顶住了胸膛。这一次，我们缴获了8支长枪和一些子弹、手榴弹，便用这些武器，组建了第十二支队，队长由一位姓于的同志担任。

后来，我们又接连砸掉了敌人2个民团和1个警察局，游击队的威名大振，使许多地主，尤其是中小地主惶恐不安。我们加紧宣传党的政策，只要他们接受我党的抗日救亡主张，愿意交出武器，缴纳抗日救国捐，我们就发给"抗日救国保险证"，可以免除分粮斗争。

就在这时，南宫县尹家曹村有个叫尹怀聚的地主，扬言要"买武器，跟游击队拼到底"。他有兄弟三人，雇了两三个长工，买了五六支民枪和一支盒子枪，还网罗了附近的一些地主与其合伙。特委决定让游击队处决尹怀聚。

经过侦察，我们发现尹怀聚每逢团城集日都要到集市上坐镇收税。于是我们决定，由我、刘文信、于更淼三人，带2支盒子枪、1支七星手枪，装扮成赶集的老百姓混进集市，并安排四支队支队长王宜臣和十二支队支队长老于带长枪队队员隐蔽在附近村庄，暗地里配合我们。

赶集的那天，尹怀聚和往常一样，骑着马赶到集上。中午时分，集上买卖人正多的时候，我们三人装作老百姓来到集市中心，看到尹怀聚正坐在桌子旁，神气十足地张罗着收税。我抢上前去，一把抓住尹怀聚，威严地说："我们是巨鹿县警察局的，有人告发你家窝藏有大烟土，请带我们到你家走一趟！"

顿时，四周围上来很多看热闹的人。我怕人多口杂，耽搁时间太久会发生意外，便对看热闹的人说："我们是警察局的，要到他家查缴大烟土，与你们无干，快散开做自己的生意去吧。"

尹怀聚无可奈何，只好乖乖地牵上马，在我们监视下朝他家走去。等看热闹的人都散去的时候，我们低声厉色地说："我们是红军游击队，今天是找你借枪来的！你开明的话，就把枪交出来……"

尹怀聚万没想到游击队竟敢利用中午时间，在大庭广众面前逮捕他。他身上连枪也没带，急忙垂头丧气地说："是，是，我交，我交。"

我们押着尹怀聚一进他家的院门，就留下于更淼守住大门，随即到了他的卧室，缴了1支盒子枪、1支长枪。接着，刘文信看押着尹怀聚，我去搜缴其余的长枪。

这时，他的家人发觉了我们，并匆匆忙忙跑上房顶工事。在这紧急时刻，我们当机立断，一枪结果了尹怀聚，带着缴获的武器撤出了尹家曹村。带长枪的刘文信同志也装成打野兔子的，从野外撤走了。

游击队的活动，使国民党反动政府大为震惊。他们在各村布下了特务网，发现陌生人就跟踪盯梢，我们在白天带着长枪行动，受到了一定的限制。于是我们又组建了短枪特务队，队长是刘文信，骨干分子有陈普善、李仁德、苏某某、李露兰等人。特务队的成立，改变了游击队那种"白天隐蔽，夜晚行动"的局面，活动不再受白天、夜晚的限制，只要时机成熟，就可以立刻行动。

广宗县核桃园村的恶霸地主黄洛善，依仗地多、粮多、钱多、有钱有势，无恶不作，老百姓恨透了他。他的住宅大都是房屋相连，房上筑有掩体工事，不相连的房屋则架天桥相通。大门在死胡同的最里边，直对着胡同口，而胡同则是狭长的甬道，毫无藏身之处。大门上边筑有炮楼，直接控制着门前的甬道，极难攻打。但是本村有一家药铺，黄洛善经常过午到药铺坐会儿，聊聊天，抖抖威风。

我们掌握了这个规律，就在一天下午两三点钟、他到药铺不久后，几个游击队队员闯进去捉住了他，缴了他随身带的盒子枪，又押着他回了家，缴了他家中的马枪和步枪。我们当时警告他：今后不要为非作歹，要向游击队缴纳抗日救国捐，他连声不迭地说："共产党的政策，我懂，我懂，一定缴，一定缴。"可是事后，他跑到天津去了，捐款的事也无声无息了。

为了教训这个老奸巨猾的东西，我们带领着李庄的布袋队，在一天晚上闯进了他的院内，分了他家的粮，收缴了他家的一些银圆。他为了防备游击队抄家，把银圆分散埋藏在许多地方。布袋队的同志在挖掘的时候不小心，导致照明用的火把失火，把他家烧得狼狈不堪，事后人们传出"游击队一怒之下火烧了黄家大院"。

威县"捕共队"的田泽南是本县院寺村人，诡计多端，心狠手辣，给我们党和游击队的活动造成了很大障碍，特委决定除掉他。由于他行动诡秘，几次捕捉行动计划都落空了。后来，特委把这个任务交给了游击队队长刘文信。刘队长就派专人在威县县城和院寺村设下情报点，侦察田泽南的动向。一天下午，我们发现田泽南回家住下，晚上未回城里。游击队抓住了这个机会，到他家处决了他，并缴获了他的勃朗宁手枪和子弹。

我们还结合正反两方面的事例，进一步广泛宣传党的"依靠贫农、团结中农、打击恶霸地主"的政策。还加强了分化瓦解敌人营垒的策反工作，或派人打入敌人的民团、警察局，或通过各种关系在敌人营垒里建立内线联系，宣传"抗日一家""联合抗日""打击汉奸卖国贼"，以及"缴枪不咎，优待俘虏"等政策，在敌人营垒中引起了很大反响。

1936年1月28日，经过特委及东西两部同志们的努力，"华北人民抗日讨蒋救国军第一军第一师"正式宣告成立，师长是刘子厚同志（当时署名刘文忠），副师长是我（当时署名张杰）。下设2个团，第一团团长由刘子厚同志兼任，第三团团长由我兼任，并让东部积极筹备组建第二团。

第三团总共有400多人、300多支枪，下设4个连和1个特务连。第一连由原四支队改编，连长是王宜臣同志；第二连由原五支队改编，连长是李洛范同志；第三连由原十二支队改编，连长是老于同志；第四连由原平乡十五支队改编，连长是韩春诚同志（后牺牲）；特务连由原特务队改编，连长是刘文信同志。

冀南游击队的壮大和武装斗争的发展，使蒋介石大为震惊和恼火，他惧怕冀南游击队与中央红军会合，紧急电令"冀察政务委员会"主席宋哲元，限期消灭冀南"赤祸"。宋哲元立即在北京召开紧急会议，赶修"平大公路"（北平至大名），并将河北划为4个"防共区"，各县的军警民团一律改编为"保安团"，并决定派出大批的正规军，配合地方反动武装进行"宁要枉杀千人，不使一个共产党员漏网"的反革命"清乡""围剿"。他们从商震的第三十二军、冯占海的第六十三军、宋哲元的第二十九军抽调数万兵力开往冀南，驻扎在大名、邯郸、磁县、邢台、高邑、尧山、南宫、巨鹿、任县、广宗等县及铁路沿线一带，采取"长期驻扎，由点到面，逐村围剿，反复清乡"等手段，妄图一举消灭冀南革命力量。逃亡外地的地主也潜回家乡，为"清乡""围剿"告密和带路，充当捕杀共产党员、游击队员和革命群众的走狗。

敌人"清乡""围剿"的方式，开始是一次"围剿"一两个村或几个村。他们探听到游击队在那，就拉着队伍去"包剿"，但经常扑空。后来，敌人扩大了包围圈，并把白天"包剿"改为夜间。敌人在一夜之间一下包围几十个村庄，并在村与村之间的交通要道上设置岗哨。等天亮以后，再逐渐收缩包围圈，进村"清剿"。这就是国民党在江西采用的"清剿"办法，给游击队的活动造成了极大的困难。

敌人的血腥镇压，没有使游击队和革命群众屈服。游击队改变了过去那种集中在一起搞大规模斗争的形式，而以支队为战斗单位，独立活动，寻找机会打击敌人。第四支队、第十二支队主要以巨鹿为活动基地，相机向南宫发展；第五支队主要以广宗县为活动基地，相机向南宫、威县发展；第一支队主要以平乡为活动基地，相机向巨鹿、广宗发展；特务队以广宗、巨鹿为活动基地，随时准备配合其他支队活动；各县委和地方支部自己组织的游击小组，基本上是在本区、本县活动。

1936 年农历正月初十前后，游击队在广宗县槐窝村买了一批盒子枪和子弹，通知我去检查验收。我和特务队队长刘文信、小队长陈普善同志按照预定时间来到游击队的联络点槐窝村吴先文同志家中。

当我到院子里晾晒洗过的手帕时，发现门口进来了一个妇女，我像没事人似的一边整理手帕，一边观察她的行动。她发现我后，张望了一会儿，随后进了吴先文的屋里，片刻就走了。

我觉得此人有点可疑，立即进屋，问吴先文同志的爱人张庆莲："这是谁?"

张说："是对门地主的老婆，是来借口袋的。"张庆莲看我有疑虑，补充说："她家正接受募捐，大概不敢搞什么破坏活动。"

我心想，难道她家还能缺少口袋吗? 为了以防万一，我提出要马上离开，张庆莲同志说："眼下还没有过正月十五，街上饭铺还没开张，你们出去上哪儿吃饭呢? 再说，你们三个外村人，在街上一见，反而更容易引起人们的怀疑。"

我们觉得她说的也有道理，就在她家吃了午饭。饭后，在外边给我们放哨的吴先文同志的妹妹，惊慌地从后门跑进来，说："不好啦! 后街上全塞满了敌人。"

原来是那个地主婆发现我这个陌生人后，立即派人跑到离该村不远的核桃园村，向大恶霸地主黄洛善报告了。黄洛善自从被我们分了粮、收了枪以来，一直怀恨在心，他花钱

64

从驻南宫县城的国民党二十九军请来一个连的兵马驻在他家，还串联地主到处探听我们的踪影。当他得到我们在槐窝村吴先文家的消息后，便火速出兵包围了槐窝村。

当我们跑至村南口的时候，敌人从四面包围上来，并喊叫着要我们站住："抓活的。"我们四人手里有5支盒子枪和3支手枪。在近距离内，火力是可以压制敌人的。于是我们趁敌人卧倒在地还未开枪之际，选定了突破口猛冲过去。跑到马庄时，敌人又尾随上来，我们利用这里的村形地势，拐弯抹角甩掉了敌人，搞得敌人疲惫不堪、连连叫苦。

后来，局势进一步恶化，我们就化整为零，以四人组成一个游击小组分散隐蔽，有战斗任务时，再通知集结行动。平时，枪支是两个人的合藏在一起，一般都是做一个与枪身尺度差不多的木箱，木箱外边涂一层油漆，再把用油布裹好的枪弹放进去，盖个活盖，在野外隐蔽处挖个井洞，把木箱放进去，埋上土。这样，有任务时只要去掉表土，就很容易把枪弹取出来。

由于敌人经常不断地四处侦察，加之地主恶霸和其他坏人告密，我们夜间不能住在村里。有的隐蔽在村外看苜蓿的地窖子，有的找砖砌的坟堆挖开个洞口在里边隐蔽。李家庄有个叫李大中的同志，家住在庄外的树行子里，我们有些同志就隐蔽在这里。时间一长，敌人有所察觉，就派一个特务化装成买树的木匠前来侦察。我们问他，他说话不是本地口音，外地人哪能到这儿来买树呢？再察看他的手，也不像劳动人民的手，于是我们处死了他。过了几天，又来了三个买树的，我们感到敌人已经注意了这个地方，就再也不住在这儿了。

后来，特委决定给我 200 块钱，去平乡县河古庙开设一个自行车修理铺作为隐蔽机关。这个修车铺由巨鹿县张家村党员张玉考出面组建，他买下了他本家修自行车的工人张玺元的全部修车用具，并让张玺元继续在自行车修理铺修车。河古庙是个大集镇，本村的庙里就驻有警察局子，每逢集日，敌人总是派出特务在大街小巷乱窜。没多久，我们在河古庙警察局子的内线告诉我们，敌人要搜查这个修车铺，我和张玉考同志就离开了这里。

坚持了一年之久的冀南武装斗争在敌人的残酷"围剿"下失败了，但是游击队队员和地方党员的革命精神，却在这一地区的广大革命群众心中深深地扎下了根。

中国工农红军晋西游击队[＊]

吴岱峰　马佩勋　马云泽

　　1931 年春夏之交，中国工农红军西北游击大队晋西游击队第一大队（以下简称晋西游击队）在辛庄成立，大队长是拓克宽，副大队长是阎红彦、吴岱峰（未到会），政治委员是黄子文（未到会），党总支部书记是杨重远，财经员是白树梅。大队下辖两个中队，第一中队由阎红彦兼任中队长，编有胡廷俊、李成兰等 3 个班；第二中队由白锡林为中队长，编有陈玉清、周维仁等 3 个班。游击大队以汾阳县三道川，中阳县上桥村，孝义县邬家庄、西宋庄为中心开展游击活动。

　　西宋庄是靠近吕梁山山顶的一个大村庄，地形险要，人口较多。游击队来到这里后，在农会帮助下，开办了一所列宁小学，儿童入学一律免费，由队委党永亮同志负责主办，

＊ 本文原标题为《回忆中国工农红军晋西游击队》，收录时做了适当修改。

游击队队员轮流讲课，教唱《国际歌》；还办了一所农民夜校，吸收附近农会干部和贫苦农民参加学习。这一带很快开展了打土豪、分牛羊、分浮财的斗争，劳苦群众笑逐颜开，青年们积极参军。群众还唱起自己新编的山歌：

正月里来是新春，

我望我郎当红军。

如今革命高潮起，

小郎哥呀，送你去当红军。

哎嘿哟！

二月里来刮春风，

穷苦人民闹翻身。

吕梁山上搞武装，

同志们呀，团结闹革命。

哎嘿哟！

孝义县碾头村的大恶霸武世恭，倚仗儿子武孟猷（留日学生，当时在太原）的权势，鱼肉乡民、作恶多端，可是听说游击队要来逮捕他，便闻风而逃。经马佩勋同志详细侦察，确悉武世恭及其子武振纲逃到了介休县的张兰镇。在当地农会的帮助下，阎红彦同志带领四位游击队队员乔装打扮成商人，深入虎穴，智擒恶霸，并且在碾头村没收了他的财产，分给了贫苦农民，组织群众清算了他的剥削账，迫其退赔了所放的高利贷。消息传开，震慑了远近的恶霸地主。

汾阳县永安镇驻有白军一个大排，经过游击队和地下党的争取工作，这个排具备了起义的条件，联络站通知游击队策应起义。阎红彦、白锡林、胡廷俊等同志遂前往永安镇，住在同情革命的白文轩、景芝贵开的猪店里。他们和排里牟排长、冯金福同志接上关系后便积极策划部署，在 6 月初的一个夜晚举行了起义，由阎红彦同志带领向山区疾进。

起义部队西进到上家池时，敌人一个连的追兵赶来。在激战中，个别士兵见形势危急，突然把枪对准阎红彦，质问阎红彦："你要把我们带到哪里去？"

阎红彦沉着镇静，向他们晓以大义，和大家一起击退了敌人。天亮前，起义部队顺利转移到指定地点与游击队会合。这时部队已有 90 多人，长短枪 80 余支（起义士兵带来的枪支全部是沈阳造的步枪和晋造的冲锋枪）。随后，起义部队编为第三中队，牟、冯为正副中队长。

中阳县留誉镇驻有敌巡缉队 20 余人，拥有步枪十多支，是敌人在吕梁山的一个据点，距游击队驻地约有 80 里。队委研究了情况，决定拔掉这个据点。建队后几天的一个深夜，部队到达留誉镇。由拓克宽指挥，阎红彦中队主攻，白锡林中队负责中阳县城警戒，以迎击增援的敌人。但部队过早地被敌人发现，致使敌人全部龟缩在碉堡里不出来。队领导急于打好这一仗，下令猛攻，敌人见势不妙，从碉堡后面的通道偷偷逃跑了。此战，我们只缴获了一支步枪，但田有莘、阎茂林两位同志负伤。

1931 年农历四月，游击队在上桥村打了土豪杜寿高之后，转回根据地，路过锄家沿，停下来休息，敌军也向这里开来。由于事先双方都没有觉察，直到敌人走近我们哨所时，才被担任警戒的杜兴垣发现，他立即鸣枪示警。

敌人抢先占领了有利地形，居高临下向我们猛烈射击。阎红彦临危不惧，命令部队分别抢占了西面和北面山头，同敌人展开了激烈的战斗。敌人只注意到西边和我们相持激战，阎红彦却在北山组织了一支枪法好的突击队，由白锡林带领绕到敌人侧翼，向敌人马群猛烈射击。特等射手白锡林将敌指挥官击倒下马来，敌人一时乱了阵脚。阎红彦乘机发出了冲锋的信号，我们分散在各山的人员一齐射击，枪声四起。这时，又下起了倾盆大雨，敌人不知我方虚实，溃散而逃。此战，缴获敌枪数支，但是牟中队长在战斗中英勇牺牲，蒲正平负伤。

夏季的一天，石楼县水头镇地方党组织送来情报，说敌军来了一个连，驻在水头镇，是来包围我们的。水头距游击队驻地只有四五十里。经队委研究，决定在敌人出击的必由之路上，选择有利地形打伏击，以消灭敌人。战斗由拓克宽、阎红彦指挥，先派白锡林化装前往侦察，部队天黑后行动，在水头不远的地方，选择了一个两面是高山密林的有利地形埋伏，等待敌人的到来。

拂晓，敌人的几个侦察兵探头探脑地走过来，游击队没有惊动他们。等敌人全部进入包围圈后，阎红彦鸣枪为号，游击队集中火力向敌人射击，把敌人打得晕头转向，乱成一团，拼命向山里逃窜。游击队预先埋伏在此的胡廷俊小组，占据有利地形，对敌猛烈射击，杀伤不少敌人。经过激战，敌人绝大部分被歼或当了俘虏，我们共俘敌 50 人，还缴获了敌人的全部武器弹药。

然后，游击队进占水头镇，队员在街头刷写标语，散发传单，并召集了群众大会，宣传革命道理和党的政策。会上还宣布了对俘虏的处理，愿意参加红军的欢迎，愿意回家的每人发给两块银圆做路费。会后，以饭茶招待俘虏，把愿意回家的送出了警戒线。

游击队向石楼前进时，经过老鸦掌。这里地形险要，崇山峻岭，周围没有村庄，只在半山腰有一个骆驼场，部队就在这里宿营。天亮后，我们发现了敌人的便衣侦探，警戒班把这几个人活捉了。

这时，敌人也发现了我们，向我们射击，随之高山上的敌人也开了枪，我们的警戒班迅速撤了回来。游击队听到枪声后，拓克宽率队当即爬上南山占领有利地形阻击敌人。待敌人逼近时，才用手榴弹和冲锋枪猛投猛射，敌人死伤几人后退下山去。敌人又多次组织力量进攻，均被我们打退，战斗持续到中午，游击队主动撤出战斗，向高山上转移。

1931 年农历七月，山西省主席商震下台，由徐永昌继任，驻扎山西的各派军阀矛盾暂时缓和，形成了一致"反共"的局面。不久，徐永昌派了1个师、1个炮兵团和地方武装共1万余人，气势汹汹地来"围剿"晋西游击队。敌军推进到吕梁山边沿，在高山路口遍设哨卡、步步进逼、重重封锁，妄图消灭晋西游击队。

夏末，阎红彦等同志不畏艰险，从太原运回了2000发子弹和其他武器。接着，阎红彦又秘密到太原，向省委汇报了吕梁山地区的严酷斗争形势。省委决定：如敌人调遣强大的兵力围攻，游击队在无法立足的情况下，应西渡黄河转移到陕北继续开展游击战争。

游击队在离石、中阳等地绕到敌后，采取机动灵活的战术给敌人以有力打击，拔除了一些据点，又袭击了吕梁山南部的敌巡警队。在中阳县的暖泉、隰县的水口、永和县境等地扫除了敌人的一些哨所，逮捕了一些土豪、地主。但是由于敌我力量相差悬殊，敌人倚仗强大的兵力步步为营，加紧搜山，使游击队活动范围越来越小，游击队只好向隰县一带转移。

一天，当部队进到坡牛山时，发现了敌人的一支"搜剿"部队。游击队迅速抢占有利地形，同敌人展开激烈战斗。敌军在机枪、迫击炮掩护下，对我军阵地发起冲击。队领导认为敌强我弱，不宜恋战，便命令李成兰等几位同志掩护，各队以班为单位撤出战斗，转移到东山顶的小白庙集中。

当晚，队伍集合后清查人数，发现杜兴垣等八九人失踪，战士张琪负伤（随后派张忠继护送出山，找地方组织设法掩护）。游击队立即转移到宋庄、上桥一带，又得悉敌军已占领了关上、楼底等村，杀害了农会干部，烧毁了游击队住过的老乡房舍，正派重兵企图占领宋庄一带，遂决定向南移动，以避免与敌主力作战。

游击队退入密林山区，只能在山上兜圈子。开始群众还能断断续续地送粮送饭，后来与群众的联系全部被隔断，队员只能用野菜充饥。这时，中共山西省委被叛徒出卖，遭到巨大破坏，使游击队和上级党组织失掉了联系；平定起义后创建的红二十四军，也离开了晋东开向晋冀边界活动。游击队经过一番艰苦转战，减员严重，处境更加艰难。

农历七月十五，游击队在一个高山顶上召开了队委扩大会议，会上发生了原则上的意见分歧。在激烈的争论中，阎红彦等人反复地分析了当时形势，经过摆情况、讲道理，最终意见取得统一：决定突围，西渡黄河，转移到陕北打游击；对一部分不愿过黄河到陕西去、要求回家乡活动的同志，每人发给 30 块银圆做路费。他们表示以后仍要积极进行活动，能带枪的还带走了枪支弹药。这时部队剩下 30 余人，每人挑选 2 支好枪（盒子枪 18 支、冲锋枪 20 支、步枪 24 支、小手枪 2 支，共计 60 余支），其余的埋在山中，留给当地党组织处理。

一天夜晚，部队在高山岭行军，迷失了方向。危难之际，突然发现了灯光，杨重远和阎红彦立刻去侦察，发现原来是一位老乡，还认识阎红彦。他说："山上和路口都有敌人的哨卡，只有前边一条石沟没有敌人。从这条沟摸出去，走10里路就没有敌人了。"

石沟是一条两山相夹的峡沟，我们按老乡指示的方向前进，走了十几里路出了沟口，却被陡峭的绝壁拦住了去路。我们把绑腿、皮带、旗杆全都利用起来，搭成人梯攀上悬崖。在朦胧月光下，摸了一夜，在天亮时登上了山顶，终于把"追剿"的敌人远远地甩在后边。

突围后的第二天，我们看到了翻滚咆哮的黄河。但在行军途中，与李生茂失去了联络，这时全队只剩下拓克宽、阎红彦、杨重远、黄子文、白锡林、党永亮、李成兰、马佩勋、周维仁、胡廷俊、田有莘、符友坚、陈玉清、吴岱峰、师俊才、张免芝、白树梅、李发荣、张应琪、刘昌汉、郝金标、王俊杰、冯金福、董金芝、胡廷璧、戴炳章、李炳云、杜鸿亮、李素云、寇世仁等30人。部队到了三交附近的河边，几经周折不能渡河，最后登上高山在乌龙庙休息。杨重远等人步出庙门，到山顶上察看地形，寻找渡河地址。

农历七月二十晚上，天空没有星月，阎红彦领着水手王怀安等6人带着羊皮筏子来了（这些筏子是用涂了油、充了气的羊皮筒连接起来的，一个筏子只能载几个人，还要会水的人浮在水里推着走）。

为了抗寒，我们每人喝了一些酒，白锡林水性好也帮着推。不料，最后一批同志渡河时，装着枪弹的油篓绳索被水冲断，待到白锡林、吴岱峰在河中乱石堆里艰难地将油篓打捞上来后，大家才松了一口气。

晋西游击队渡过黄河后，继续向西挺进。到达涧峪岔后，通过地下党员谢德惠找到了中共安定县委书记马文瑞。马文瑞当即动员当地的党团员和青年参加游击队，又将游击队到达陕北的情况转告中共陕北特委。不久，特委书记赵伯平派张子平来传达指示，要游击队在安定、清涧、延川、延长、靖边等县开展游击战争。

11 月上旬，游击队到达甘肃合水县南梁地区，和刘志丹的队伍会合，开辟了革命根据地，在这一带站住了脚，扎下了根。

1932 年 1 月上旬，中共陕西省委决定：将部队编为西北抗日反帝同盟军，由谢子长、刘志丹分任正、副总指挥，杨重远任参谋长，李杰夫任政治委员。下辖 2 个支队，另有警卫队、骑兵队，号召西北所有武装部队联合起来，一致抗日救国，挽救中华民族。

不久，部队南下到正宁县三甲原，进行了整顿，随后于 1932 年 2 月 11 日在三甲原的细咀子正式宣布成立中国工农红军陕甘游击队。同年年底，在陕北宜君县马兰川杨家店正式改编为中国工农红军第二十六军。

平定革命起义[*]

牛清明

　　1931 年 4 月，中共山西省特委决定由特委委员兼特委军委书记谷雄一、我和吴耀礼同志三人，到高桂滋部加强党的领导，组织起义工作。我借父亲亡故、回家奔丧之故，离开了太原军官教导团，和谷雄一、吴耀礼一起坐火车由太原到了平定。

　　在平定的一家饭馆里，我们和高桂滋部队内党的负责同志一边吃饭，一边研究部队的形势和工作重点，最后决定我们三人打入部队内部，并安排了具体措施。

　　高桂滋部原是蒋介石的国民革命军第四十七军，下辖 3 个师。蒋、冯、阎中原大战时，战败后退往山西缩编为 1 个师，下辖 3 个团，番号为国民革命军陆军第十一师。谷雄一同志到第一团，吴耀礼同志到第二团，我到第三团。三团二

---

　　* 本文原标题为《记平定革命兵变和阜平县苏维埃红色政权》，收录时做了适当修改。

营五连的连长是蒲如英（蒲子华，中共党员），我的公开身份是他的随从，由他负责我的安全。

我们到了部队后，立即投入了紧张的工作：安置家属、筹备骡马车辆和其他军需物资、侦察起义后的行动路线、了解其他部队（主要是孙楚和李生达的部队）的态度和可能动向。我经常向谷雄一同志汇报工作，谈得比较多的是部队中的士兵、军官的思想动向和各项工作的进展情况，以及部队起义成功后的去向问题。我们研究决定部队拉出去后开赴陕北，到陕北前先找一个可以立足的地方，对部队进行整顿和训练，吸收一些革命觉悟较高的农民、学生，扩大队伍，准备好开赴陕北的军需物资。初步选定地处太行山腹地的五台山一带为临时根据地。

1931 年，国民党反动派调集重兵，对江西中央苏区疯狂"围剿"。为了分散反动军队的力量，减轻中央苏区的压力，形成南北呼应的局面，我们趁高桂滋赴北平为其父做寿、星期六军官回家的机会，于 7 月 4 日午夜举行了起义。

当时的部署是：第一团攻占上城司令部，解救监狱在押的同志，而后封锁反动军官的家，破坏交通及通信联络，收集军需物资和畜力，严密监视孙楚和李生达部队的动向，掩护起义部队；第二、第三团党员骨干较少，驻地离城亦远，担负破坏火车站和营房的任务。

不料，机密被敌人发觉（据说是师部手枪连一个班长，中共党员，在行动前几小时酒醉泄密），驻扎在城内的第一团被迫提前行动。进攻上城（包括敌司令部、县政府和监狱）时，城门早已紧闭，死伤数人也未能攻开，又恐交火时间过长，被孙楚、李生达等部察觉，便连夜冒雨经白羊墅撤离平定。由于一团突然提前行动，我所在的三团对情况变化不清楚，不敢贸然行动，先由我和蒲子华带着一部分人借口了解情况离开营房，赶往城里。

这时，一团早已撤离，我们在混乱中夺走了师部的马匹，追上了一团。因部队提前行动，二团未能参加，原计划配合行动的阳泉煤矿工人暴动也未能实现，最后仅有一团全团和三团一部分安全脱离了国民党的统辖，这就是当时震动国民党在中国北方反动统治的"平定革命起义"。

随后，由中共山西特委向全国发出通电，列数国民党反动统治的各种罪状，并且宣告中国工农红军第二十四军成立。

部队开进至盂县岔路口时，进行了整编，由红二十四军政治委员、党代表谷雄一（化名苏亦雄）宣布：万锡绂（化名赫光）任军长，窦宗融任副军长，刘明德任参谋长，刘子祥任政治部主任。军下属2个纵队：第一纵队，靳树生为纵队长，王子固为参谋长；第二纵队，穆春芳为纵队长，我化名牛曦为政治指导员（政委、党代表），蒲子华为参谋长。部队经五台山向东，经平山、灵寿，到达阜平。

沿途的国民党正规军，一是对我方实力、动向等情况不明，二是为各自保存实力，没有与我们发生大规模的战斗，碰到的只是一些反动民团、保安队。在一连串的小战斗中，我们连战连捷，部队士气高昂。打仗时，党员、干部以身作则，身先士卒；对打仗勇敢、行军中互相帮助、遵守群众纪律的官兵，我们及时表扬和奖励；对受伤的战士，我们出钱托老乡以家属的名义送往石家庄住院治疗，给予妥善安置。谷雄一同志和我们都把骑的马让出来驮运伤病员和粮食物资。

7月18日，部队进入河北阜平，国民党阜平县县长仓皇逃窜。攻占阜平后，由我和穆春芳带领的第二纵队留驻县城，占据城周围有利地形，第一纵队则驻守在城东的东庄和西庄村。

进城后，我们召开了几次调查会，了解风俗民情、阶级情况及各阶层政治态度，没收了土豪劣绅的文书契约、账簿，组织了农会。接着召集群众大会，正式宣布阜平县苏维埃政府成立，由我兼任中华苏维埃阜平县政府主席，负责该县地方工作。大会公布了政府成员名单，并把没收来的文书契约、账簿等用绳子串起来挂在会场上，会后全部烧毁。大会结束后，开仓放粮，将县粮仓的存粮和从土豪劣绅手里没收来的粮食，除一部分留作军用外，其余全部分给饥民。

根据广大群众的要求，我们逮捕了一些土豪劣绅，镇压了一个民愤极大的人口贩子，捣毁了用来毒害人民并与红军作对的外国传教士的教堂。在农会的协助下，还进行了土地调查，准备发动农民平分土地。同时，选派部队中有文化的同志和当地的知识分子结合起来开办了小学。由此打开了局面，取得了人民群众衷心的拥护和支持。

除了地方工作外，我们还对部队进行了整训。针对各种不利于部队建设的思想和长期在旧军队中养成的坏作风、坏意识，进行了教育和整顿；同时，结合敌情和地形，对部队进行山地战、夜战等战术训练，使部队的政治、军事素质有了提高。

正当阜平根据地欣欣向荣、发展壮大的时候，投靠东北军的沈克（原为军阀石友三的一个军长，讨伐东北军失败后，逃到曲阳县一带。在走投无路时，又投奔东北军），为了表达对主子的忠诚，向我红二十四军施展了假投降的卑鄙手段，接连不断派代表向我军请降。

当时红二十四军内研究了这个问题，但意见分歧很大。大部分同志过高地估计了我们的力量和影响，过低地估计了沈克的力量和处境，急于去受降来加强我们的力量。当时我极力反对这样做，要求选派出联络人员和侦察人员，摸清底细再做决定，但我处于极少数的孤立地位。

8月9日，由政委谷雄一和副军长窦宗融亲往王快镇受降。临出发前，我极力劝阻谷雄一同志不要亲自前往，但他坚决要去，并说他亲自去是表示我们欢迎沈部归降的诚意。我劝阻无效要求同去，他见我正患眼疾，两眼难睁，又负责政府工作并兼管部队，不同意我去。当时随行的有刘维廉、李英兰等一部分地方干部和民夫共20多人，带有猪、牛、羊、白面等慰劳品，可是第二天不见谷政委等受降人员归来。其后，沈克又派他的旅长赵海清带一个营来，声称是前来投降的先头部队，并请我军长前去训话。我军令其驻扎于阜平西北边的法华村，离阜平县城七八里。

次日早晨，军长赫光、政治部主任刘子祥带着数名干部前往法华村对沈克部进行慰问，结果在会场讲话过程中当场殉难。

军参谋长刘明德和我得知消息后，万分震惊和悲痛。为了防止军心动摇，保存有生力量，我们紧急集合部队，撤离阜平，按照特委原定计划，另开辟根据地。我们沿灵丘、浑源、应县、岱岳、左云、右玉、平鲁、偏关到达河曲、保德一带渡过黄河，进入陕北地区。这时，参谋长刘明德向中共山西特委写了汇报和请示信（用化学品密写的），由我送往太原，向特委汇报部队情况及在阜平受损经过。我化装成牛贩子离开了小石口到达太原，找到了当时在特委机关工作的马芳廷、陈权、田士俊等人，见到了特委负责人刘天章。

汇报情况以后，刘天章同志认为问题严重，决定亲自寻找处境艰难的起义部队。随即带领军委委员梁子修、我和一位家住府谷的学生王宗舆同志（向导）上了路。我们四人化装成客商，雇了两个架窝子，分作两组，我和梁子修在前面走，沿路做些记号，刘天章和王宗舆随后跟着。途经兴县、岢岚，星夜赶至保德，我和梁子修渡过黄河到达府谷时，听说我军与井岳秀部的段友安团正打得激烈。

我和梁子修急着返回部队，不料引起了敌人怀疑，被敌人的步哨疑为红军探子，押到敌军团部，吊在马棚里，四五天后又被转押到府谷监狱。我俩因化装成商人，我又化名为牛耀祖，没有暴露身份。这期间，党组织对我们大力营救，当时府谷县城有一个姓蔡的高小校长，以找人打毛衣为名到监狱和我联系，通过他从中活动，我们才于1932年2月被释放，前后被羁押约五个月。

在我们被扣押期间，红二十四军因为缺乏得力领导，士气大受影响，加之长途跋涉，地形不熟，后勤无保障，部队最后被拖垮打散。但是很多人返回了陕北，后来参加了刘志丹、谢子长领导的陕北红二十六军和阎红彦领导的渭河红军游击大队。

百灵庙暴动

乌兰夫

1933 年夏天，具有民族主义思想的苏尼特右旗扎萨克亲王兼锡林郭勒盟副盟长、代理盟长的德王，在百灵庙发出了内蒙古"高度自治"的通电。几百年来，蒙古族饱受压迫，日夜都在盼望着民族振兴，改变蒙古人受压迫受奴役的地位，过上幸福生活。因此，德王的通电一发出，蒙古族群众无不欢欣鼓舞，奔走相告，表示拥护德王的自治之举，更有许多蒙古族的有志青年，纷纷从各地到苏尼特旗来投奔德王，准备为内蒙古民族自治出力。

国民党政府被德王的"自治"通电吓坏了，认为内蒙古的形势已经恶化，急忙派蒙藏委员会蒙事处处长巴文峻赶赴乌兰察布、巴彦淖尔两盟进行宣抚，以期内蒙古西部各盟不受德王的蛊惑。同时，蒋介石被迫同意成立内蒙古地方自治政务委员会（又称百灵庙蒙政会），将乌兰察布盟、伊克昭盟、锡林郭勒盟、土默特旗、阿拉善旗、额济纳旗和察哈尔八旗均划归百灵庙蒙政会管辖，由云王担任主任，德王担任秘书长，掌握蒙政会的实权。

日本帝国主义也一直觊觎内蒙古西部地区，他们派遣特务到察哈尔地区进行秘密活动。1934年秋天，日本驻天津的特务头子土肥原贤二乘飞机专程到苏尼特旗会见德王，大谈日本的"德政"，意图拉拢德王及蒙古族上层人物。至1935年冬天，德王已经同日本人打得火热。

为了摸清德王当时的政治态度，我曾两次去百灵庙蒙政会找德王面谈。第一次是和奎璧一起去的，不巧德王不在百灵庙，我们俩找保安队了解情况后回来了。第二次是在1935年冬天，我和李森到了百灵庙，通过朱实夫介绍，在蒙政会德王办公的蒙古包会见了德王。只是德王的降日决心已定，实难挽回，我们便起身告辞。

我到云蔚的住处找到了潜伏在德王部队内部的党员云继先和朱实夫、赵诚等人，向他们介绍了同德王谈话的情况，强调了党中央团结抗日的政策和争取德王的决心。云继先、朱实夫和云蔚对我的说法连连摇头。我又逐个征求在场同志的意见，大家都异口同声赞成云继先的主张：现在保安队里大多数官兵都后悔上了德王的当，绝不会继续跟着德王给日本人当炮灰，残害西蒙的同胞，只要我们领头干，马上就可以把队伍拉出去。

我认为目前搞武装起义的条件尚不成熟，一是我们党在百灵庙保安队中还没有形成坚强有力的领导核心，二是准备工作不足，仓促举事会出问题。此外，当时我党也不主张公开反对德王。但是，大家的态度都很坚决，最后讨论决定：起义后，队伍拉到前山去，依靠傅作义的力量，建立一支蒙古族抗日武装。

就在云继先等人积极进行起义准备之际，德王决定将保安队全部编入伪蒙古军，百灵庙的形势突然变得紧张起来。蒙政会稽查处处长李凤诚带领"袍子队"，全副武装在商业区的大街上巡逻；日本人的军车，载着荷枪实弹的日军，开进了百灵庙蒙政会，之后又向达尔罕云王府驶去，大有武装示威的劲头；德王还决定调云继先和朱实夫到苏尼特右旗的蒙古军司令部工作，目的是下了他们的兵权，将他们控制起来。

基于上述情况，我派李森连夜赶去百灵庙与云继先联系，并核实情况。得知消息后，云继先立即召开了紧急军事会议，当时参加的核心骨干有朱实夫和云蔚等人。大家研究了当前的形势，决定提前一天举行起义，并确定了人员分工、联系信号以及口令等。

1936 年 2 月 21 日夜 10 点整，云继先将起义官兵分为六路同时开始行动。一路去警戒德王的"袍子队"，保障军事起义的顺利进行；一路去南营盘（也叫南卡子）拉出新兵大队并占据起义队伍下山的通道；一路去攻打蒙政会稽查处和看守所；一路去夺取德王设在大庙的军械库；一路去强占并捣毁蒙政会的电台，切断百灵庙蒙政会与苏尼特右旗德王府之间的联系；一路到蒙政会机关动员文职官员支持和参加起义队伍。

云继先和朱实夫带领一批人马直奔南营盘，他们首先包围了新兵大队队部。云继先带领的起义队伍突然冲进去时，云秉璋正在同几个人闲聊。

云继先立刻下了他的枪，并将他捆绑起来，然后开门见山地对他说："现在德王已经投降了日本人，我们不甘心充当日本人和德王的炮灰，决定起义，要将保安队拉到前山去。对不起，先委屈你一下，待我们举事以后就放开你，愿不愿意同我们一块儿走，随你的便。"

新兵大队的所有官兵早已做好了准备，云继先一声令下，没几分钟队伍就在大操场上集合起来，按照预定计划拉到了河滩，待打开军械库后去领武器；所有伙夫都留下，马上生火，为起义队伍准备明晨早饭。

黄埔九期毕业生云蔚，是一员年轻的勇将，他指挥一部人马秘密接近蒙政会稽查处，在四周埋伏好，一个人若无其事地走进了稽查处处长李凤诚的卧室。此时的李凤诚正躺在炕上过大烟瘾，见云蔚进来抬了抬眼皮说："是老云哪！你也来一口吧。"

云蔚嘴里说不客气，眼睛早已盯住了墙上挂着的盒子枪，趁李凤诚没有防备，便把枪摘下来紧握在手中。此刻李凤诚发觉不对，急忙用手去摸枕头底下压着的小枪，云蔚手疾眼快一颗子弹就把他的脑袋开了瓢儿。埋伏在屋外的新兵听到枪声跑进屋来，云蔚带领他们冲到看守所，当场下了看守的枪，打开牢门，将被关押的士兵放了出来。云蔚三言两语向他们讲明了保安队起义、脱离德王、走抗日道路的大意。这些被押士兵多数都是因为反对德王降日被抓起来的，听云蔚这样一说，都表示愿意参加起义队伍。

与此同时，巴振玉和赵贵河利用跟军械库主任的哥哥王晓峰一块儿打牌的机会，将王晓峰缴了械，反剪手绑上，外面披上大衣，要他以取武器的名义，领他们去打开军械库。他们让王晓峰带路来到大庙军械库大门口时，因为天色太黑，对面都看不清人的面孔，把门的哨兵听到有人，放大嗓门喊道："谁？"

王晓峰回答："我是王晓峰。"

哨兵问："老王，这么晚了有事吗？"

王说："我弟让我来取几条枪。"

说话间，巴振玉他们到了军械库的大门口，几个起义士兵一齐动手，将哨兵的嘴用毛巾堵上，又五花大绑捆住扔在地上，巴振玉告诉他们不要怕，等取完枪就放他们。

进了大门，直接来到军械库的库房门口，他们以同样的方法，先让门卫打开库门，然后也将他们照样捆上。巴振玉他们占领了军械库以后，立刻派人给云继先送信，让云继先赶快带领新兵前来拿枪。

云继先得到报告后，迅速带领新兵队伍赶到大庙军械库。云继先让大家尽量多拿，能背几支背几支，有些士兵竟脱下内裤，装满子弹，挎在脖子上。大家正在取枪之际，福祥摆弄一支冲锋枪时不小心走了火。夜深人静之际，声音传得很远，在大庙附近站岗的"袍子队"哨兵听到军械库方向响枪，不知发生了什么事，也朝军械库方向放了枪。这下惊动了"袍子队"，都从蒙古包里跑出来，向军械库方向开火。

这时，新兵队已将军械库的枪支弹药拿光了，为了防止与"袍子队"正面冲突，云继先命王晓峰向"袍子队"喊话："别开枪！别开枪！没有情况，是哨兵走了火。"这才把"袍子队"骗回蒙古包去。

云蔚打死稽查处处长、放了关押的犯人后，来到蒙政会文职官员住的福云魁商号，将他们全部集合在一起，向他们宣布了保安队举行军事起义的决定，希望他们以民族大义为重，随同起义队伍脱离德王。大部分文职官员对德王勾结日本早就不满，纷纷表示愿意脱离德王，参加起义队伍。虽然有些人与德王有千丝万缕的联系，但在大势所趋之下，也表示愿意参加起义队伍。

德王的电台设在一座蒙古包内，去砸电台的人闯进包里时，发现里面没人，原来报务员早已闻讯逃跑。他们一起动手，将包内的箱箱柜柜砸了个稀巴烂才离开。

大约在午夜丑时，各路人马完成了各自的任务，按事先约定到了南卡子集结。云继先将起义队伍编为 1 个大队、4 个分队，自任大队长，朱实夫担任副大队长，并指定 4 个分队的负责人。五更时分，吃了顿事先准备好的面片后，起义队伍在云继先的带领下浩浩荡荡地离开百灵庙，向归绥方向开去。

初春的达尔罕草原，仍然是冰天雪地，寒风凛冽中的道路十分难走。当起义队伍冒着严寒，踏着大雪走到了黑沙图时，听到后面的路上有汽车声和战马嘶叫声。原来部队在起义时派去砸电台的人没有经验，慌忙之中把报务房的箱子砸了，却没有砸坏收发报机。起义队伍刚离开百灵庙，报务员就返回机房给德王发电，报告了百灵庙发生的事，德王知道后立即命"袍子队"和保商团跟踪追来。

云继先命令先头部队继续前进，后卫部队就地散开，占据道路两旁的有利地形，准备阻击追兵。队伍刚散开就交火了，激战近一个小时，德王的追兵终因人少，伤亡惨重，不得不仓皇退回去。

击退"袍子队"和保商团后，起义队伍继续南行，到达了距离百灵庙120多里远的二份子地区，部队分别在岔岔村和二份子村驻扎下来休息，等待傅作义派汽车来接应。

德王派部队追击起义队伍失败了，又耍了新花招，派日本人给他的飞机，到二份子地区上空撒传单。传单上列举了傅作义对蒙古族实行大汉族主义压迫的事实，煽动起义官兵对傅作义的仇恨情绪，动员云继先和士兵回百灵庙，还表示保证对这次事件不予追究云云，否则将派日本的机械化部队前来追歼起义队伍。

为了稳定军心，云继先命令各分队把起义官兵拾到的传单统一收缴起来烧毁，云继先、朱实夫和云蔚等人还到部队去给大家做工作，揭露德王的欺骗宣传。

当天，保安队第二中队中队长陈应权根据云继先的事先安排，将驻在乌拉特中旗的部队带到二份子来会齐，并携来一部5瓦特的电台。两部分起义人员到齐后，有官兵千余人，合编为1个总队，下设6个中队、2个特务队，成为一支装备齐全的战斗部队。

当起义队伍合编完毕等待傅作义派汽车来接的时候，傅作义的第三十五军四二一团秘密包围了起义队伍，要他们交出枪来。起义官兵对此异常气愤，表示坚决不交枪，有些官兵要同傅作义的部队交火，两军处于严重对峙状态。

云继先从大局出发，说服官兵交出了武器，随后带着部队坐傅作义派来的汽车开到了前山，驻扎在水涧沟门村和三两村。

1936年3月2日，云继先等人通电全国，声明保安队的全体官兵脱离德王的百灵庙蒙政会，参加抗日。我一面和奎璧、高凤英发动归绥的中小学师生和社会名流举行庆祝游行，支持云继先等人的正义行动；一面去拜见傅作义，给保安队往回要枪。

傅作义对我说："当时德王正在派飞机撒传单，煽动拉拢起义的官兵返回百灵庙，起义的队伍军心不稳，唯恐生变，才命部下采取了措施，这是不得已而为之。"

我说："既然如此，现在起义队伍已全部拉到前山后，将军就应下令将所缴的武器送还他们。"

傅作义说："枪的问题好办，还有一些重要问题，我需要同云继先将军当面交谈，请你通知他近日来省府一趟。"

我离开省府到起义队伍去找云继先，向他说明了傅作义的意思。随后我们把朱实夫、赵诚、云蔚等找到一起，详细分析了傅作义的动态和在会谈中可能涉及的问题，确定了几条会谈原则。

第二天上午，傅作义打来电话召见云继先和朱实夫。在这次谈判中，傅作义基本同意了云继先提出的四项条件，当场宣布绥远省政府的命令，决定将百灵庙起义部队改编为绥境蒙旗保安总队，任命云继先为少将总队长，朱实夫为上校副总队长。之后，傅作义命部下通知三十五军，迅速将起义队伍的武器弹药如数送还，至于今后粮饷、武器弹药以及其他军用物资的供给问题，由蒙旗保安总队按月造册报绥远省府有关部门，予以拨发。

这次虽然达到了我们的要求，傅作义对蒙旗保安总队做了许多承诺，但是国民党军队中的一些军官，对蒙旗保安总队持有歧视态度，加之贪官污吏从中作祟，克扣部队的粮饷和被服用品，使蒙旗保安总队的官兵吃不饱肚子。到春末夏初时，官兵仍然穿着从百灵庙下来时的破棉衣，无夏装可换。这种艰难的境地，造成了蒙旗保安总队中不明真相的官兵对云继先的不满情绪。

百灵庙军事起义发生后，德王认为是傅作义挖了他的墙脚，一直图谋把云继先这支部队再拉回百灵庙去。他派人秘密与潜伏在蒙旗保安总队的亲信章文锦取得联系，密令他在蒙旗保安总队中策划哗变。章文锦接到密令之后，便利用蒙旗保安总队官兵的不满情绪，以封官许愿、金钱利诱等手段收买拉拢部队中一些地痞流氓和土匪出身的兵痞，制造流言蜚语攻击云继先。这伙败类四处造谣、诽谤，暗中煽风点火，挑拨官兵与云继先的关系，为哗变制造舆论。

一天深夜，在官兵都熟睡的时候，章文锦趁人不备，带着几个人突然闯进云继先的卧室，不容分说将他抓起来关进一间事先准备好的房间里，同时将云蔚也抓了起来。

在云继先被捕的后半夜，章文锦便秘密将他押到后山沟里去，准备处决云继先，使蒙旗保安总队处于群龙无首的状态，好将部队拉走。但是德王事先已有密谕，尽量争取云继先。所以，开头时章文锦反复相劝，云继先只是蔑视地冷笑，表示自己决不与蒙奸为伍，当卖国贼和日本人的走狗，并且大骂章文锦是个人面兽心的家伙、蒙古族的败类。章文锦恼羞成怒，命令士兵开枪打死了云继先，又放出风声说云继先携带万元巨款逃跑了，引起了部队官兵大哗。章文锦趁机将部队集合起来讲话，一顿大放厥词后，说："愿意回到德王那里吃大米白面的，马上跟我走！"

这时部队里已经乱了套，一部分官兵跟着章文锦向后山逃跑，投奔德王去了。一部分土默特旗的士兵，辨不清事实真相，害怕上当受骗，在纷乱中离队回了土默特旗老家。

章文锦在部队搞哗变的时候，我正在归绥开展抗日救国宣传工作。得知这个消息后，我感到十分震惊。当我迅速赶到蒙旗保安总队时，保安总队里只剩下 100 多名排以上骨干了，他们都是坚决抗日的进步军官（包括共产党员）。

大家的情绪十分低落，面对凄凉的景象不知所措，有的竟抱头痛哭。我对他们做了一番安慰之后，立即给傅作义将军打电话，报告了蒙旗保安总队发生哗变的情况。傅作义闻讯大怒，让我稳定留下的官兵思想，立刻命三十五军出动一个团的机械化部队，前去追击章文锦带走的部队，并下令能追回者尽量追回，对顽固抵抗者一律就地歼灭。

傅作义的机械化部队在达茂旗的乌兰忽洞敖包乡地带追上了哗变队伍，将其包围在山沟里。开始是展开政治攻势，规劝他们不要受德王的欺骗，迅速返回部队，敦促章文锦放下武器投降。但章文锦也进行反宣传，说现在我们已经哗变出来，谁要是回去定被傅作义杀头云云，并指挥哗变队伍顽抗。傅作义的机械化部队不得不向他们开火，发动攻击，将哗变的部队大部分消灭在山沟里，只有章文锦带着七八个人突出包围，逃回了百灵庙德王那里。

百灵庙抗日军官暴动[*]

云　蔚

　　1935 年冬天，日本在侵占东北三省后又侵入华北地区，大力推行以华制华的"满蒙政策"，以建立"满洲国"式的"蒙古国"为诱饵，拉拢内蒙古西部上层人士。德王（德穆楚克栋鲁普）和日本人公开勾结起来，在百灵庙架起了日本特务的电台，日本特务也大摇大摆地频繁进出蒙政会。

　　德王公开投靠日本人的行为，激怒了那些思谋祖国安危、寻找民族出路的内蒙古进步青年，他们决心以武装起义来反对德王投靠日本帝国主义的行为，拯救祖国、民族的危亡。

　　1936 年 2 月 18 日，云继先和朱实夫由归绥回到了百灵庙。下午，他们俩急匆匆地来到祯德昌商号西小院找我，我们经研究确定 2 月 22 日夜 11 点半行动。

---

　　* 本文原标题为《百灵庙抗日军官暴动》，收录时做了适当修改。

2月21日上午，蒙政会稽查处处长李凤诚带着手枪，在我住的祯德昌商号前面的商业区大街上来来回回地巡视了好几遍，这是过去没有过的现象。

快到中午时，云继先和朱实夫又来了。他们俩一进门，我就说："有迹象说明我们的事情露出了，不能按原计划干了，必须提前行动，今天晚上就动手！"他们看我态度很坚决，说："好吧，再考虑一下吧。"他们俩又商量去了。

中午时分，两辆日本军车开到了百灵庙，车上站着荷枪实弹的日军，从祯德昌商号门前疾驰而过，到蒙政会跟前停下了，不知车上的人进去搞了些什么名堂，后来朝着达尔罕云王府的方向开去了。

下午4点钟左右，我派人把伊力盖、山旦、六六找来，把事情详详细细地告诉他们，让他们今天夜里把那些队长的枪都下了并关起来，然后带着士兵到大庙（军械库）领枪支。因他们离得远，就让他们提前半小时行动，时间定在夜里11点钟。

大约下午6点钟，云继先、朱实夫又来了，我们决定提前行动，并进行了分工：云继先、朱实夫去南营盘，负责全面指挥；我负责打稽查处，放犯人，下河东一条街的枪；巴振玉负责占领军械库。

当夜10点钟，起义开始了。我把巴振玉中队的30多人交给霍志德率领，前往军事教导队活捉金大骆驼，完成任务后率领军事教导队押上金大骆驼与巴振玉在军械库会合，配合坚守该库，其余人员由我带着悄悄地把巴振玉的蒙古包围起来。

我一拉门进了巴振玉的蒙古包，里面的人玩得正带劲。我走到床边，拨亮了大烟灯，伊仲连说："你抽哇?"

我说："唉！我没那福。"顺手摘下了伊仲连挂在哈那上的那支驳壳枪，看了看说道："我的那支倒不错，可惜让德王收走了！"边说边打开枪机，里面正好有子弹。

伊仲连听见拉枪机的声音后，头也不抬地喊道："嘿，小心走火！"

我把子弹推上膛，对准他们喊道："对不起，举起手来，谁动打死谁！"

巴振玉约来的那几个人看我来真的了，都颤抖着举起了手。我拿枪逼住了王晓峰，王晓峰还不停地说："打个牌嘛！平常都不错，瞒上不瞒下，算了吧！"

他还以为我在抓赌，我厉声说："你老实点！什么瞒上不瞒下！"

这时，外面埋伏的人拥了进来，七手八脚，把王晓峰绑了起来。我用枪顶住他的脑袋说："你少废话！要死要活就在今天晚上。你要是想活，就把军械库的大门叫开！就说打牌输钱了，回来取钱，我们对你的兄弟也不伤害。你要是想死，你现在就说。你能不能叫开军械库的门?"

王晓峰连连说："能能能，能能……"

我对赵贵河说："给他脖子上套上活套子。"并把我佩带的短剑也交给了赵贵河，嘱咐说："他要是不老实叫门，你们就拉这个绳子头，不等他出声就把他捅了！"

这时王晓峰的脸变成灰白色，嘴唇不住地哆嗦："一定能叫开，一定能叫开……"

紧接着，我把带来的士兵分成两部分，大部分由巴振玉带领，押着王晓峰去叫军械库的大门，等待霍志德的到来，共同死守军械库。巴振玉胆子小，我又把赵贵河派给了他，还把刚缴获的伊仲连的那支手枪也给了赵贵河。我自己找了根木棍提在手中，带着十来个人向河东奔去，那时正是2月21日夜间11点半钟。

河东商业区北面有个商号叫聚义祥，蒙政会的稽查处就设在这里。我让大家埋伏在稽查处门外窗根底下，嘱咐他们听到喊声就冲进去。

我一人推门先进去，走到窗下，把桌上的煤油灯往大里拧了拧。李凤诚开口了："你小子还不睡，想干什么？"

我说："想找个地方打牌赌钱哪！"我边说边向他走去。到他跟前，把棍子立在炕边，一按炕沿，像跳木马似的骑在了他的肚子上，一把抢过来他的驳壳枪。

我右手拿枪，左手按住他的手，对他说道："你不要动，今天我闹事，咱们是好朋友，你千万不要动，动就没有好处！"

我又对那些士兵喊道："谁也不许动，把手伸出来！谁动打死谁！"

士兵都是脱了衣服在被窝里钻着的，一个个都吓得把头缩进被子里去，颤抖地伸出了双手。可李凤诚反倒没命地喊叫起来，拼命和我扭打夺枪。这时外面埋伏的弟兄们都进来了，他们跳上炕把那些长枪都下了，李凤诚还是喊叫个不停，真的要跟我拼命。这时，泥屹旦上来按住了他，我顺手拿支步枪打死了这个蠢货。

出了大房子，我故意高声命令："你们俩就在这里站着，谁出来就打死谁！"其实我们哪还能留下把门的人呢！

由于天气寒冷，每个门都挂着毡门帘，因此击毙李凤诚的枪声连隔壁的警备室都没有听到。我们走进警备室，两个把守的稽查兵正在油灯下猜拳喝酒。我对他们喊道："举起手来！枪呢？"两个家伙说："没有枪。"我们一个弟兄上去从铺盖卷后面很快搜出一条马枪。我对那两个家伙说："进里屋去！放了他们！"里屋还关着韩五、三罗汉、武占云等五个人，因为实在穷得没办法，他们偷了百灵庙的库房，被抓到了这里。

我们从稽查处出来，到了百灵庙饭店，我把德王另一亲信包月儒和两个警卫的枪下了，然后直奔蒙政会代理秘书长敖锦文的住处，缴了敖锦文的枪。

福元魁商号住着百灵庙蒙政会的文职人员，我们进去时，见外屋当中摆着一张桌子，孙元丰、康济民和几个人正在打牌，炕上文职人员都躺下了，每人一盏大烟灯，正在聊天过瘾。

我用枪抵住了孙元丰说："举起手来！你的枪在哪儿？"

孙元丰规规矩矩举起了手说："我没带枪，这里没有带枪的。"

弟兄们上去搜了一遍，果真没带枪。炕上的文职人员中除了个别的不吭声外，都异口同声问道："云队长，出什么事了？"我把当晚发生的事大致说了一遍，并告诉大家："你们愿意走，就到南营盘集中，不愿意走的就躲起来！"

这时，有一个叫王进山的年轻人，是来看打牌的，是德王干部学生队的学生，听了我的话，倒一点也不含糊地说："云队长，我跟你去，你要不要了？"

我说："要！我给你派两个人去东院，把那电台给砸了！"

王进山带着两个人立即去了东院。可他们只砸了些箱箱柜柜，就以为把电台砸烂了，结果他们走后不久，敌人就发出了电报。

这时，韩五、三罗汉、武占云也赶上来了，我们下的枪越来越多，大家全部背上，直向军械库奔去。

到了大庙东侧，忽听得大庙那边传来枪声。一听是从军械库里朝外打枪，我料想是巴振玉和赵贵河他们没有得手。我们当即伏在地上，我朝大庙打了信号，喊了口令，却听不见里面回答。我朝前匍匐了一段，又几次打信号，喊了口令，里面却射击得更厉害了，我便折了回来，和大家商议把武器藏个地方往南卡子撤。

我们撤到商业区南面，在到南卡子的半路上，看见一个人也从商业区出来。我问："口令！"

那人说："是云队长吧？"我们听出是赵贵河的声音。他说："云队长，我好找你们啊！急得我没办法，就打对枪跟你们联系呢。"

正说着，霍志德也找上来了，气得直骂："他妈的，巴队长带人撤了！"

我对赵贵河和霍志德说："河东的枪都下了，我们到南营盘叫人来打军械库。你俩还是去追巴振玉，快些把队伍带来！"他俩又赶去追了。

走了一半路，我们碰着了南营盘来的人，知道他们的事成了。伊力盖说："枪都下了，人也关起来了，我带来100多人。"我对南营盘的士兵说："军械库又让人占了，咱们打吧！"年轻的士兵情绪高昂，个个摩拳擦掌，争着要枪。我把他们带到藏枪的地方，分发了枪支，领着他们朝军械库奔去。到军械库附近，里面的人射击得更疯狂。我就把士兵分成两部分，一部分以密集的火力掩护，另一部分往军械库墙根上靠近。待士兵到墙根的时候，我命令发起冲锋，顿时杀声震天。士兵翻墙而过，里边的人见势不好，吓得丢枪就跑了。我让大家快点背枪，能背多少就背多少，重机枪、迫击炮太沉背不动，就把瞄准器和零件拆下来，扔到雪地去！

大家欢天喜地地回到了南营盘，吃完饭，已经是凌晨3点钟了。云继先、朱实夫和我商量后，把官兵编成1个大队，下设 4 个中队、1 个特务队。云继先担任大队长，朱实夫和我担任副大队长，我还兼任一中队队长，二中队队长是云秉璋，三中队队长是巴振玉，四中队队长是纪寿山，特务队队长是李成发。考虑到敌人肯定要来追赶我们，就让文职人员走在最前头，一中队走在最后头担任后卫。我们的第一个目的地是蒙汉交界处的一个村庄——岔岔村，离百灵庙120 多里。

部队行进到离岔岔村六七公里的地方时，太阳已快落山了。突然后面传来枪声，只见一辆汽车向我们开来，离我们老远，车上的机枪就响开了，而汽车东侧有不到 100 人的马队也向着我们疾驰而来。我马上命令一中队抢占东边的高地，经过一阵激烈的战斗，击退了追击的敌人。

战斗结束后，云继先通知部队不要进入岔岔村，让一中队和李成发特务队进驻岔岔村西南 10 里的白音陶勒亥村。第二天，驻到离二份子村不远的当浪忽洞，大队部驻到二份子村。这天，云、朱和文职人员到归绥去了，我们周围突然驻下了傅作义的两个武装加强营。

第三天上午，云继先回到了二份子村，当即请我去，说有事要商量。云继先、朱实夫对我说："我们到归绥走了一趟，昨天回来的，傅作义很关心我们，派人来慰问我们。为了不让日本特务机关发现，准备把弟兄们的皮帽子都换成傅作义部队的帽子（毡帽头）。弟兄们都很累，把枪按班捆好，让傅作义派来的汽车拉到前山去吧！"

因为我当时对党组织决定的事情不大清楚，就没有同意。云继先紧跟着赶到我的住地，反反复复给我做工作。这时我想：我们已经处在傅作义的包围之中，如果硬干，腹背受敌，很危险；如果交出部分枪支，或许还能麻痹傅作义；何况云继先也拿头担保，也许到前山把枪还给我们还是有希望的。事到如今，一切只有等到前山和乌兰夫同志接上头，把枪拿到手后再说。我便答应只交出部分枪支，留下了轻机枪、手枪和30%的步枪，士兵的皮帽子也换成了毡帽。

我暗中吩咐下边，要把拉走的枪的撞针取下来，士兵干脆把整个枪机都拉下来了，各班把要拉走的枪捆在一起，还做了记号，盼望着到前山如数认领。

傅作义深知共产党在部队的影响，还担心部队被蒋介石抓去，为了削弱革命力量，便千方百计搞垮这支部队。他拖延发放军饷，不给装备，不发还枪支；夏天快过去了，士兵还穿着从百灵庙下来时的破棉衣。渐渐地，弟兄们灰心丧气，愤怒与日俱增。

在这极为困难的处境下，荣从仁出来活动了。他到处造谣，散布对云继先的不满，说云继先"喝了兵血，卡了兵油"，谩骂云继先是什么"狗头总队长"，目的是把士兵对傅作义的怨气转移到云继先身上。这时，潜伏下来的德王走狗章文锦也暗中活动起来。

7月，部队驻防到察素齐和毕克齐，傅作义对部队更苛刻了，长期拖延发放部队薪饷。9月的一天，我专程为这事去归绥找云、朱商量办法。我离开了部队后，傅作义当即派其参议赵锦标到毕克齐，对我二大队全体官兵进行所谓"训话"，威胁士兵。就在赵锦标讲话后的第三天夜晚，部队发生了哗变。

哗变的头目正是德王的忠实走狗章文锦等人。那天夜晚，他们先偷走我的手枪，又在凌晨2点多钟绑架了云继先的警卫员韩五，接着抓了云继先和朱实夫，同时我也失去了人身自由。刚开始他们对我还比较"客气"，因为我的那些朋友贵河子、长腿杨在士兵中有威信，章文锦惧怕他们，尽管对我恨之入骨，也不敢立即下手。

当时，陆占彪、赵德才等人要当场枪毙云继先，我立即用身子挡住了枪口，我说："不能这样做，有什么话就说。要打死他，就先打死我。"他们这才放开。

中午一过，他们把我、云继先、朱实夫等与哗变有关的所有军官，一起关进了后营盘西房一整天。太阳落山时，听得外面脚步声来来去去，有人喊道："云总队长，云继先出来！"

云继先刚出动，又听到喊："往后走！"接着传来"砰砰"两声枪响。外面脚步声又杂乱起来，有人说："再看看那家伙死了没有。"接着又听得响了两枪，云继先就这样被德王操纵的走狗杀害了！

章文锦等人枪杀了云继先后，领着一伙人向着百灵庙逃去，部队中另有一部分人则上山去了。但是，那些有志于抗日的进步青年们没有失散，他们回到各自的家乡，仍然互相联系，等待着抗日的时机再次到来。

1937年春天，我党联合内蒙古西部地区的爱国进步人士，以百灵庙起义的进步青年为骨干和基础，成立了绥远省保安总队，就是后来的内蒙古混成旅，以后统称新三师，部队编1个总队，2个大队，总队长白海峰，政治部主任乌兰夫，一大队大队长纪松龄，二大队大队长朱实夫，我任二大队副大队长。

部队成立后不久，即转战于百灵庙、大庙子、固阳等地，后又返回归绥守城。10月12日凌晨，在大小黑河、桃花板、南茶坊一带与日寇进行了激烈的战斗。因敌众我寡，上午6点左右撤出归绥，又转战包头、伊克昭盟一带。

同年秋天，德王又派遣其走狗章文锦带两人暗中潜伏固阳县，对部队搞策反活动。一天清早，我在固阳县新城大队部的门口碰见了任秉权。部队成立时没有要他，但他还一直跟着部队，瞅着机会往里钻，想捞个一官半职什么的。

他装着随便问问地说："听说章文锦来了，咱们这个部队还不知道会怎么样呢！"

我说："真的吗？"紧接着又问他："他来做什么？住在什么地方了？"

他只含含糊糊地说了一句："可能住在旧城里。"再问，他就什么也不肯说了。

我说："咱们走！"

任秉权跟我刚走了几步，迎面碰上了总队部通信员李国忠，我对李国忠说："咱们三个一起走！"

那时的固阳旧城，只有一南一北两个城门，我估计章文锦那小子有事很可能从北门往百灵庙跑，就让任秉权把住南门，我把住北门，对李国忠说："你去商号借一身便衣换上，这个城不大，你挨个店看，看哪个店拴着马，快点来告诉我。"

大概过了 10 分钟，李国忠气喘吁吁地跑回来了，说："北门里路东的那个小巷子有个店，院里拴着三匹马。"

我说："好！"立即带着李国忠跑去了。进那院子一看，果然马圈里槽头上拴着三匹马。院子里只有一溜正房，我挨着房从窗户往里看，见一间西正房的大红柜上放着三套鞍具，三个家伙还在炕上睡着。

我推门进去站在地中间，他们都没有察觉。我便大声说："请起来吧！"他们听声音不对，连忙爬起，我一看章文锦就在里头，又大声喊："不许动！有枪没有？"

我拿枪逼着三个家伙，李国忠跳上炕搜了一遍说："没有枪。"我冲着三个家伙命令道："穿衣服！"随即把这三个家伙押到新城关了起来。

当时代理总队长正是纪松龄同志，我们研究后，初步意见是镇压这三个家伙。但为了慎重起见，又电话请示在归绥的白海峰同志。白海峰与乌兰夫同志商量后，回复我们：

"为增强全体官兵的抗日信心，命令你们就地处决！"

从那时起内蒙古进步青年大批拥入新三师，一批批进步青年加入了党组织，还有一批青年辗转到了革命圣地延安，在党的领导下，内蒙古的抗日烽火越烧越旺。

祥泰裕屯垦队起义[*]

王　森

1932 年初春，中国共产党在绥远省河套地区开始秘密搞武装。当时开进河套地区的晋军，是阎锡山的嫡系王靖国师田树梅旅的四〇九团和四一〇团，四〇九团驻防在五原县，四一〇团驻防在临河县。四一〇团经常有 2 个步兵连轮流驻扎在祥泰裕附近，屯田种地。

屯垦的宗旨，据说是边驻防边屯田，实际上是把士兵当作农奴干活。章程上规定屯垦士兵入股，每月从 4 元饷银里扣除一半做股金。这笔股金实际是归团长放高利贷，从中渔利，广大士兵受到双层剥削和压迫，苦不堪言。

当时，党的河套兵运工作开展得较为顺利，迫击炮连建立了党的小组，机枪连由一个姓李的教官负责，也成立了秘密党支部。至 1932 年底，驻扎五原县的四〇九团已有 2 个

---

* 本文原标题为《祥泰裕屯垦队起义纪实》，收录时做了适当修改。

连建立了党的秘密组织，四一〇团已有 3 个支部、5 个党小组。同时，农村已建立 7 个党支部，党的外围群众组织——穷人会，也有会员 1000 多人，只是发展不平衡，大都集中在临河第三区陕坝周围。

1933 年 8 月初的一个晚上，也是支书徐政权请假回老家结婚、离开十一连的第二天晚上，晋军四一〇团十一连全体士兵，在祥泰裕自发地举行了武装起义。

当时，共产党员李占海和两名新党员在地头渠壕里开会。李占海向两个士兵讲冯玉祥在察哈尔组织民众抗日同盟军的情况，他感情激动，大声赞扬抗日同盟军狠狠打击日本侵略者，收复了被日本占领的宝昌、多伦等地，还说："我们手里也有枪，为什么就不能去打日本鬼子？还不是那些卖国贼军官不允许吗？有一天我们非宰了这帮卖国贼不可！现在，我们是有领导的，可以把部队改成共产党的红军。"

李占海的这些话，被隐藏在青纱帐里的"二寸五"排长听见了，立即回去报告给"大排长"（一排排长）。当时连长不在，进城到团部去了，大排长没敢立即处理此事，准备等连长回来再决定怎么办。

二排排长向大排长报告时，在场的还有连长的护兵马成骏。18 岁的马成骏，同国民党有杀父之仇，又是共产党员，当即设法找到了代理党支部书记王启山，汇报了此事。王启山又找到谢应堂和李占海，秘密召开紧急会议，研究对策。

会上，李占海主张立即行动，先下手为强；王启山则说上级党组织不知道，动手以后怎么办；谢应堂则不说话。

李占海仍坚持先动手，王启山说："我们掩护暴露了的同志开小差，离队后找上级组织去。"

李占海说："我们开了小差，连长能认为只是我们三人的事吗?"

王启山还是坚持，最后谢应堂表示："还是先下手为好，掩护开小差容易，但连长回来，谁能保证他们不用烧红的火棍烫人，突破一个就全部完蛋。"

王启山同意了他俩的意见，当下决定李占海负责逮捕营长和大排长、二排排长，占领营部；谢应堂负责编队和准备审判；王启山负责找县委高五汇报。当时的党组织是秘密的，王启山等几个人，谁也不知道县委在什么地方，只好迂回寻找，边打听卖烟叶的老高，边找上级党组织。

傍晚时分，李占海首先逮捕了"大排长"，二排排长很诡秘，嗅到味不对头，就偷偷溜了。李占海又带了两个班，从十一连驻地缸房营子出发，跑步6里地到达了祥泰裕，占领了营部，但是找不到营长。营长的马弁领着李占海找到营长的姘头家里，才抓住了营长。于是，李占海指挥战士把营部凡能带走的枪支弹药都带走，返回了缸房营子。

谢应堂在缸房营子布置了红色法庭，墙上挂了两面红旗，写了"共产党万岁"五个斗大的字，正中一张桌子，桌后放着三把椅子。李占海主审，选了两个能写字的士兵当陪审员，另有20名士兵代表参加审判。开庭以后，把"独眼龙"李营长和大排长带进法庭。李营长一进法庭就跪下了，大排长不跪，一个士兵对他屁股踢了一脚，他才乖乖地跪下。

李占海指着营长和大排长宣布："现在我们不给你们当奴隶了，我们是有组织的部队，是共产党领导的红军。今天我们正式审判你们这些罪大恶极的反动军官，你们有什么罪，自己说吧！"

那个营长叩头如捣蒜，说自己有三条罪：第一条是克扣弟兄们的军饷；第二条是办屯垦搞入股是上头的主意，扣饷是他办的；第三条是欺压老百姓。

李占海问："有这三条罪应如何处理？"

营长说："按理应该枪毙，不过我过去对弟兄们还不错，饶了我这条狗命吧。"

鉴于他们平日作恶多端，民愤极大，李占海等人最后判处营长、大排长死刑，立即枪决。

起义发动后，李占海是起义的挂帅者，谢应堂是参谋，他们研究决定上山打游击。命令一下，起义队伍打着红旗，向西北狼山山区进发，并于黎明时分到达大发公（地名）。

大发公是一个有围堡的小村寨，围子里有座天主教堂。起义队伍进村后，立即把一个洋神甫和一个姓冯的中国神甫抓起来，召集堡子里的老百姓到一个广场上。李占海宣布说："你们不要怕，我们是共产党的红军，我们来这里是打富济贫的，要把老财的东西分给你们。"他讲过话后，就把地主老财的衣服被褥、金银财宝拿到广场上，让老百姓出来几个人给大家分。群众看到地主老财就在人群中，谁也不敢出来拿东西。李占海亲自把那些东西分给老乡，可是谁也不敢要。李占海和战士们没有想到，队伍离村后地主老财会向群众报复，所以战士们气得直跺脚！

在大家忙乱的时候，洋神甫趁机抓了一匹光背马，跨上马背飞奔而去，一直跑到五加河子北岸的邢寡妇圪塔（村名），向民团头子李俊峰（李三毛旦）报告了情况。当时，李三毛旦正躺在炕上抽大烟，听到洋神甫说红军来了，吓得手中烟枪掉在烟盘里。

这时，地主狗腿子杨大侉子也赶到了，诡计多端地向李三毛旦说："红军不可怕，他们最爱穷鬼，我带两个弟兄装扮成穷人讨饭吃，投奔他们，给他们当向导，把他们带进马二圪泊（芦苇丛中的沼泽地），不用费一枪一弹，全部陷死在泥沼里。队长带队伍埋伏在河岸上，有逃出的，就地消灭。"李三毛旦立即命令杨大侉子带两个人，照计划行事。

杨大侉子同两个反动民团的人，换上乞丐的衣服，迂回到大发公，找到起义部队。李占海看见杨大侉子等人穿着打补丁的破烂衣裳，赤胳膊露脚底，信以为真，便让他当向导。

杨大侉子说："五加河子西岸的邢寡妇圪塔，住有民团的 20 来个人，他们带着枪，但都是些大烟鬼，咱们趁天黑偷过河去，可以出其不意地收拾他们。"

李占海、谢应堂深信不疑，吩咐杨大侉子和另一个"穷人"分成两路，带领起义部队向邢寡妇圪塔走去。当杨大侉子把起义部队骗到离五加河子东岸不远的马二圪泊泥沼芦草滩后，就偷偷溜走了。起义战士是外地人，不知底细，进入泥潭，手脚无措，越陷越深，不能自拔，绝大多数人就这样陷入泥沼牺牲了。只有马成骏等 10 个人，由马成骏指挥，用双手死死抓住泥沼里的芦苇，慢慢向外爬行，终于爬出泥沼，又艰难迂回到黄河北岸的杨满圪塔渡口附近。

县委是在起义发生 10 个小时之后，才得到王启山同志的汇报。得知情况后，县委立即派陈高锁和兵运小组的魏思文分头追寻起义部队，打算尽快把他们拉到"穷人会"力量比较集中的地带，同时发动"穷人会"的人参加起义军。

但是，等到陈高锁追踪到五加河子附近时，看到的却是陷落泥沼的同志露在烂泥表面的头颅，这才知道起义部队的同志们牺牲了。

这时，县委接到城南"穷人会"的报告，说有十多位起义士兵，来到杨满渡口过不了河。县委立刻派人赶到南台子，组织蒙古族同志扎木苏和他的姐夫巴图、妹妹白音其其格，用筏子把马成骏等人送过了黄河，到陕北找刘志丹的游击队去了。

确山刘店暴动*

刘清凡

1923 年，我小学毕业后考入开封河南省立第一师范，1925 年在学校加入中国共产党，入党时的名字叫刘建昭。1926 年 10 月奉军从华北南下的时候，由于开封各学校放假，我奉党组织的指示回到家乡确山组织农协，发展党员。

1926 年 12 月，我们在驻马店成立了中共特别支部，指导汝南、正阳、确山、遂平一带的工作，张家铎为特支书记，我是支委。我多次与马尚德（即杨靖宇）、张耀昶、张立山、欧阳炳炎、张伦廷、张三多、李则青等人共同研究抗击奉军、迎接北伐的工作，决定以组织农协为名，发动群众，举行暴动。

1927 年 2 月 2 日，我们在玉皇庙召开了全县农协代表大会，部署了暴动工作。会后代表们分头发动群众，开始准备

---

* 本文原标题为《忆确山刘店起义》，收录时做了适当修改。

攻打确山县城。当时群众中流传这样一首歌谣：

> 欧阳炳炎、张立三，
>
> 带领人马有万千。
>
> 红缨枪，遮满天，
>
> 同心同德攻确山。
>
> 正月十四把火点，
>
> 一直烧到三月三。
>
> 绑云梯，捆杉杆，
>
> 准备夜晚把城翻。
>
> 军阀劣绅吓破胆，
>
> 夜开西门窜了圈。

我和马尚德、欧阳炳炎、张立三、张伦廷、张三多、李则青等人带领群众攻占确山县城后，成立了治安委员会，并张贴打倒魏、楚、何、田四大劣绅，免除一切苛捐杂税的安民告示。

1927年4月，当北伐军即将进入河南之际，确山县农民协会领导数万武装农民举行了起义，攻克了确山县城，建立了农民自卫军，与前来"围剿"的北洋军阀部队进行了数月的抗击和搏斗，显示了中国共产党领导的群众的威力，扩大了共产党在群众中的影响，也使确山县共产党的组织受到了锻炼和考验，培养和造就了一批农民骨干，为此后中共党组织在确山县开展土地革命，进行武装斗争，奠定了良好的基础。

1927年4月12日，蒋介石在上海发动反革命政变，全国革命形势急转直下，确山也笼罩在国民党反动势力的白色恐怖之中。我们不得不退出县城，从事农村工作。经反复研究，决定先夺取刘店的大恶霸李广化的枪支，建立武装，然后再打土豪分田地，杀富济贫。

1927年10月上旬，中共驻马店办事处在刘店双桥村张立山家召开会议，研究准备武装起义事宜。会议决定：一方面发动群众，筹备枪支，整顿农民自卫军；一方面开展秘密杀豪绅运动，断绝反动派在政治上的活动，然后由秘密零碎的暴动形成公开的总暴动。

根据这一决定，中共驻马店办事处组织骨干分子先后镇压了确山北部最大的劣绅范天培，打击了确山四大劣绅之一的楚本固，吓得一些豪绅地主纷纷逃进县城。乘此有利时机，中共驻马店办事处广泛发动群众，深入宣传党的土地革命政策，鼓励群众恢复农协组织，参加农民自卫军，使大革命失败后确山农民群众低落的革命热情重新高涨起来。

与此同时，训练基本队伍和筹备枪支的工作也在抓紧进行。中共驻马店办事处在刘店农民自卫军中挑选了40多名青年农民，由虞松如负责在夜间训练。至10月下旬，中共驻马店办事处筹备到了十余支枪和数箱弹药。

为了进一步扩大共产党的影响，激励农民群众同国民党反动势力进行斗争，中共驻马店办事处决定以群众基础较好的刘店为中心，公开发动起义。10月底，起义指挥部在吴庄召开会议进行了具体布置，商定起义首先攻打民愤极大的大劣绅、国民党反动民团团长李广化。

1927年11月1日拂晓，我们包围了李广化的住宅，全歼了院内的敌人，收缴了敌人的全部武装，遗憾的是让李广化逃跑了。我们立即开展政治宣传，张贴标语，召开群众大会，成立了确山工农革命军四个大队，由李鸣岐、张耀昶、刘友、黄文庆分别任大队长，马尚德任总指挥，我和张立山、张伦廷、张三多、李泮林等人担任政治宣传工作。紧接着在刘店开大会，放了刘店南边的张庄大地主张振东的粮，又到杨店开大会放了张板桥张四的粮。

经过月余斗争，一个以刘店为中心，北起汝南水屯、洪庙沟，南到信阳北部重镇明港，东抵汝南申庄、马乡，西至京汉铁路，纵横约50公里的汝、确、信边红色游击区逐渐形成。

地主恶霸土豪劣绅吓破了胆，纷纷进城求援。11月29日，他们勾结军阀带领1000余人对王楼展开"围剿"，两军相遇发生激烈的战斗。在马尚德、张立山、张家铎、李鸣岐等人指挥下，全体战士英勇奋战，重创了前来"围剿"的敌人。

但由于敌我力量相差悬殊，加上工农革命军弹尽援绝，豫南特委书记王克新壮烈牺牲，张家铎、马尚德身负重伤，工农革命军只好转移撤退。至此，刘店秋收暴动处于低潮，白色恐怖又笼罩着刘店。土豪劣绅进行了疯狂反扑，对参加革命的人员及家属进行了无情迫害，以致革命者惨遭屠杀和焚屋，财产被掠夺殆尽。

战斗在四望山

曹家政

1927 年秋，党派我到中共驻马店办事处任秘书，当时的办事处主任是李鸣岐。11 月初，豫南特委在确山的刘店举行暴动，成立了以马尚德为总指挥的工农革命军。

12 月上旬，农军在汝南王楼一带活动时，突遭敌人袭击，死伤 20 多人。豫南特委书记王克新同志身负重伤，由我护送到驻马店一名同志家治疗，蔡训明、李鸣岐等人率余部向四望山转移。两天后王克新同志因流血过多牺牲，临终前写下遗书叫我送给蔡训明。

我安排了王的后事，在离信阳北部的古城不远的地方才赶上队伍，当时只有 20 多人枪。经过古城时，同地方反动民团打了一仗，缴枪数支，天黑时行至游河，又同反动民团遭遇。我们一阵突击，把敌人打得抱头鼠窜，翌日拂晓到达四望山地区的冯家庄，受到了当地农军的热情款待，此时已到 12 月中旬。

四望山距离冯家庄约 20 公里，山上有石寨，南北门筑有炮楼，内有房屋数十间，有简易医疗所、小型修械所及禁闭室，屯有许多粮秣，是工农革命军的后方。

信、确农军会合后，改名为"工农革命军"，下辖 3 个大队，张志刚任总队长，马尚德、朱业炳、张某（名字忘了）分别任大队长；另有政治部，由蔡训明负责，下分组织科、宣传科、农运科、后勤科。

在确山、刘店暴动时，我们收编了一支以王老四为首的十多人枪的土匪武装，但在王楼战斗时，他一枪不发，带人逃遁，致使我基干农军左翼损失惨重，于是上级命我镇压叛徒王老四。

一天夜晚，我来到他的住室，他正在床上吸大烟。我说："我肚子有点痛，给我吸两口。"同时，边说边从身上掏出几条手枪子弹（每条 10 发）和一块生烟土，这都是他最喜爱之物。

正当王老四欣喜若狂的时候，我顺势从床上将其盒子枪拿到手，大喝一声："快来!"两个助手疾步进屋，连发几枪，立刻把这个惯匪毙倒在床下。

1927 年 12 月末，由蔡训明、马尚德、张志刚、王伯鲁等人率领主力农军 200 人枪，在一个星期六的傍晚从冯家庄分三路出发，10 点钟左右到达信阳城西墙边短暂休息了个把小时。搞掉两个岗哨后，队伍径直抵达火车站附近的袁家大楼民团团部，同民团交火，突击队在大楼北边拐弯处将民团团长朱理亭活捉。

当总部通知回师时，情报人员报告：大同医院后边一家民宅住有一班民团。我带领十多个队员，将该处民宅包围，高呼口号说："我们是穷人的队伍，你们的团长已被活捉，缴枪不打！"须臾，里面应道："请不要打枪。"接着大门打开，为首的团丁说："请进来收枪吧！"就这样不费一枪一弹，得枪十余支。

为巩固四望山革命根据地，党组织决定扫清周围的反动势力。1928 年 1 月的一天上午，由朱业炳率一大队的农军，将游河民团包围在一座庙宇里。傍晚，敌人内部哗变，团总被捉，其余团丁开门投降，农军随之进驻游河。

占领游河后，工农革命军威名大震，队伍迅速扩张到200 多人，冯家庄周围数百里内均为革命军的势力范围，各赤卫队在夜间频繁出动，专门捕捉隐匿的土豪劣绅及其走狗。有一次，我带十余人出发到黄龙寺西边一个地主家中，不料地主全家事先都跑光了。有的同志饿了，到厨房一看，案上放着一堆油条，尚有余温。我们抓起来就吃，谁知吃后不久就吐的吐、泻的泻，大家都不知所措。

我到前湾里找到一位贫穷长者，他告诉我们：这家老财仇恨农军，专门用桐油和棉油炸的油条放在那儿，让我们来讨苦吃。他用开水泡上浓茶，我们每人喝了一大碗，不一会儿就好了。

工农革命军的节节胜利及乡村农民运动的蓬勃发展，使信阳的反动派惶惶不可终日。1928 年 2 月初，信、罗两县民团聚集数千人，在冯玉祥正规军的配合下，开始"围剿"四望山。

当时豫南特委领导人正在冯家庄召开会议，准备筹建苏维埃政权。得到情报后，蔡训明、马尚德等同志认为敌人人多势众，主张立即转移，另作良图；而信阳的同志如王伯鲁、张志刚等则力主硬拼，态度非常坚决。于是分头组织，准备战斗。

中午时分，敌军到来后，未经正规训练的农军及农民赤卫队顿时惊慌失措，自行混乱，只剩少数主力农军边打边撤。第二天，队伍退到龙门新店西山进行阻击，终因寡不敌众，所有的同志都被打散了。

焦作起义[*]

阎廷弼

1927 年，河南省委为了支援豫东南潢川、固始等地的革命斗争，开辟豫西北革命根据地，以成相互策应之势，派我赴焦作任市委书记，组织领导当地革命斗争。

我抵达焦作时，白色恐怖阴云笼罩全市，虽然历经奔波，但与省委介绍的联络对象多未接上头，只与福中公司一个姓白的中级职员接上了关系。省里规定他只许与我单线联系，以便取得有关秘密情报并设法支援部分经费，其他党员多分散在市南的农村中，其中以王褚村党团员居多。

王褚村以东约 3 公里的一个村子，党团员也不少，这是焦作的两个农村据点。当时团市委的组织比较健全，团市委书记姓李，是个青年工人，也是由外地调来的，精力充沛，文化程度虽不高，但组织能力和分析能力都很强。

---

[*] 本文原标题为《焦作起义始末》，收录时做了适当修改。

团市委宣传委员许慎之，是个学生出身的干部，对当地情况比较熟悉。另外还有一个姓徐的工人打进市警察局当了警察，从而增加了我们的耳目。此时，全市党团员共有60余人。

1927年底，省委视察员张景曾来焦作督导工作，给我们分析了当时的国内形势及河南近况，要求我们尽快开展豫西北游击战争，配合豫东南潢川、固始的革命斗争，力促全省革命高潮迅速实现。并指示我们要批判右倾保守思想，鼓舞党团员革命斗志，克服蛮干和只图一时痛快的冒险主义，求小胜到大胜，不断发展，打开局面。

此时我们获悉：市警察局准备购置手枪，装备地方反革命武装，发给市属警察镇压革命力量。我们便准备袭击焦作市警察局，夺取这批武器，作为扩大革命武装、开辟游击根据地的第一个行动。报请省委视察员张景曾批准后，我们便积极地筹备夺枪行动。

为便于领导，我们组成了行动委员会，我为首，团市委书记老李为副，委员中有许慎之和王褚村农民老王等人。同时还组成了突击、后援两个队，突击队下设侦察组、联络组、战斗组、掩护组，指定组长领导，由我负责；后援队下设宣传组、运输组、医务组，由许慎之统一负责。

组织确定后，分别进行各项训练研究，特别是战斗组对武器的搜集、保管、使用讨论得很热烈，我详细地向他们介绍了步枪、手枪的使用方法。因我们装备太差，苦无实物，只能画图讲解。当时，我们手中除有大刀、长矛外，只有一枚手榴弹（这颗手榴弹，是我步行 100 余公里从汲县纱厂同志手中取回的）。

1928 年 1 月，据侦察组报告：此批手枪已运抵市警察局，准备春节过后分发。得知消息后，我们决定立即行动。

春节后的一天晚上，我们乘打入警察局的同志夜间 12 点站岗之机，里应外合潜至警察局大门。守门岗警发觉后欲吹哨报警，被战斗组组长刀劈于警门之外。突击队乘机冲入院内，扑向武器库，我则带战斗组进入警舍镇压未来得及起床的警察，并收缴其枪支弹药。当时，有两个敌人睡在外屋想跃起抵抗，被我战斗组队员快刀斩于床上，余敌未敢起床，听令举手就范。

这时，负责到武器库取手枪的同志报告：库内并无手枪，室内就范敌警也均称不知，亦找不到守库人员。因搜寻时间延长，已被警局东侧驻军发觉，正在吹号集合。我迅速决定，按计划退出警局，携带缴获的旧式步枪 12 支，离开市区向预定集合点转移。黎明前，赶到了市区以北约 20 公里的山区分散休息。原定收缴山中地主武装，发动群众开展游击，此时竟无可靠线索，难以发动。经研究，大家均认为现在未遭受损失，暂且藏枪下山，分头活动。

孰知下山返市后，局势恶化，联络点已遭敌人破坏监视，无法接头，与省委的联络也无法恢复。白天接不上头，夜间无地可宿，我们便散藏在石灰窑中，辗转数日，无以为计。幸而联系到许慎之、袁三等同志，便决定向焦作市东北方向之薄壁镇会合，以图打入天门会暂行安身，待机再起。

大荒坡起义[*]

蒋明华

大荒坡位于豫东南的潢、固、商三县交界处，东距马岗6公里，西南距杨家集4公里，南距红盆窑5公里，名为荒坡，实际上是一片平原，没有山岗深林。因距县城较远，县里的统治势力似乎"鞭长莫及"，当地的豪绅地霸却恣意妄为。当地人民除负担县里的苛捐杂税和驻军的派捐派款等剥削外，更受到地主恶霸的残酷盘剥。

1927年7月，国民党的武汉政府背叛了革命，党中央为保存革命力量，对暴露的同志做了有计划的疏散和统筹调派，大部分同志被分派到各处做隐蔽革命活动。我和易宗邦就是在这种情况下，被派到河南的。为适应工作的需要，我们来到潢川后，把潢川特支改建成县委，由易宗邦任县委书记，我任县委组织部部长兼县团委书记，戚宇梵、张荣国等

＊ 本文原标题为《回忆大荒坡起义》，收录时做了适当修改。

人参加了县委。

8月初，在武汉农运讲习所学习回来的张彦武，也回到大荒坡曾小营子。他首先介绍了他的胞弟张相舟入党，张相舟革命热情很高，工作积极，又在当地发展了几个农民同志，建立了支部。

发动暴动需要武器，买枪要有钱。潢川县委书记易宗邦就写信给家里，说自己被土匪"拉票"，要家中筹600元回赎，约定时间地点交款。款得到后，全数交给了党组织。张雨人（固始人）同志，私自拿出家中珍藏的古砚和翡翠手镯交给党，经邱象巽卖了300元。县委就以这两笔钱购买枪支，为发动武装暴动做准备。

11月，潢川县委邀请商城、固始党组织的代表在大荒坡张彦武家召开三县联席会，商讨发动武装暴动问题，最终决定在大荒坡发动暴动。

农历年间，由县委书记易宗邦率人打进反动地主张秋石的家，活捉了张秋石，杀了张家几个恶奴。张诡称是买烟叶的客人，同志们不认识他，把他放掉了。这次行动事前没有做宣传，也没有当地群众参加，地方人猜测是匪劫或仇杀。因为没有得到武器，所以只是对同志们的战斗情绪起了一些鼓舞作用，为发动武装斗争做了一次尝试。

为了发动豫东南的武装斗争，1928年2月中旬，省委派宣传部部长汪厚之担任豫东南五县特委书记，到潢川建立特委，组织领导潢川、光山、固始、息县、商城、新蔡、罗山等县的革命工作。特委听取了潢川县委的报告后，认为年前三县联席会议决定在大荒坡发动暴动的建议可采纳，并计划在大荒坡暴动后，接着发动各地暴动。于是，大会一面对大荒坡暴动做行动前布置，一面派范易同志到商城视察，选择第二次暴动地点。

范易同志于 3 月 5 日到了商城，我陪他走遍各县组织，传达会议精神。他要求我和他同去潢川，下午走到距离伞陂寺二三里的公路上，见一摊血尚未凝结，不知何故。当晚到冯新宇家与同志们交谈，才知道原来是我们六个同志遇到一个反动军官，将其打死，并夺到了一支枪。

当时，特委负责人汪厚之、龚逸情都在冯新宇家，还有潢川各支部抽调来的党团员共 30 多人。晚饭后，特委委员龚逸情、范易带领人在灯下书写标语、布告等宣传品，阐述我党在农村实行的土地革命政策，列数张秋石的罪状，准备在暴动后张贴。宣传品准备完毕后，已是夜半时分，范易同龚逸情率领所有同志，连夜到了红盆窑。

红盆窑是一个小村庄，夜间去的同志都住在那里，因恐泄露消息，只准进，不准出。特委就在这里策划行动步骤，调整组织。因侦知马岗住了一个固始县提款委员，带有 6 支枪，我们决定在夜里先到马岗把那 6 支枪缴了，再打大荒坡。

这时我们共有 14 支枪，把拿枪的同志编为突击队，由范易率领；其余拿红缨枪的编为守护队，由龚逸情率领。当地参加的群众有七八十人，集合在村北约里许的地方，等候随同前进。

夜间 11 点，暴动队伍由红盆窑出发，前进到距马岗约里许的地方，得知马岗正在唱戏，人多不便下手。于是，特委命令队伍向西北前进，直接攻打大荒坡。

快到大荒坡时，部分参加暴动的当地群众有些动摇。他们提出时间太晚，天一亮地方上的人都相互认识，以后就无法在本地存身，希望改期。特委考虑到这么多人，时间一拖延，难保秘密不被泄露，若敌人有防备，或抢先下手，后果不堪设想，决定不予改期，继续前进，将村子包围。

不料张家正为先前被杀的人超度亡魂，调集了武装防护，家中几十人都没睡觉。听到外面有动静，一部分家丁守门，一部分家丁爬上屋脊向外打枪。匆忙中暴动队伍把大门外的草垛点着了，火光照耀下，外面更不好存身。枪声火光惊动了周围的红枪会，会众向这里赶来。最近的一处红枪会快来到时，我们高呼口号"穷人不打穷人""我们打的是土豪恶霸，替穷人谋利益"，那一股会众也就暂停前进。特委看到形势不利，于是命令队伍向东北方向撤退。

我跟在大伙后面，逐渐落后，跑到一个水塘东边的路上时，天已经亮了。我顺路由塘北头绕到塘西面，看到了一道一人多高的塘埂和麦田，便将身边由特委拿来的文件和登记有大别山区 33 个同志姓名的笔记本，都埋在了麦田中间。

这时张秋石家追来的人，也由塘北头跑到我所在的麦田埂上，相距仅二三十米。忽然不知为什么他们又停住了，说："不撵了，回去吧！"便都莫名其妙走了。

等到追的人赶过去，我就折回向后走。11点左右，终于平安地回到了冯新宇家，宋绍武、费醒初、姚老四等人已先回到那里。下午5点钟左右，江梦霞回来了（因他年龄大，特委要他留在红盆窑接应），说："听当地群众讲，我们的同志都被郑某（名字忘了）的人围捕去了。"但他接着说："听说郑和我们的同志张相舟私人感情很好，要张相舟去，人可能营救出来。"

可是张相舟为避嫌，在行动前已离开了大荒坡，这时远在商城武家桥，距这里60公里。经研究决定，组织派我去找张相舟。19日下午5点钟左右，我赶到武家桥，商城支部派汪叙远和张相舟一道，连夜赶到郑家营救被捕同志。

特委和同志们被俘后，很快被匪霸张秋石要去，等到张相舟赶到时，郑家还剩一个郭宝衡（潢川西街人），当即被释放，并送出险地。朱澎川同志落单跑到固始县境被捕，被送固始县判刑监禁。令人痛惜的是，特委和其余大部分同志都壮烈牺牲在张秋石的拷打与屠刀之下。

大荒坡起义虽然失败了，但对我党以后领导豫东南的武装斗争、建立红军、创建豫东南革命根据地起了先导作用。

后来，商南地区党组织派周维炯同志打进杨晋阶反动民团内部，通过巧妙的布置，顺利地实现了立夏节起义，正是从这次失败中吸取了经验教训。

荥阳起义*

李平一

    1928 年 2 月 7 日夜，中共河南省委直属郑、荥、密边境特别支部成立，简称省委直属特支。党支部分工如下：特支书记李平一，组织委员张国权，宣传委员贾守谦、张伯超，暴动委员张丙辰。

    不久，省委专门派人传达了党中央八七会议精神，着重号召组织农民武装，开展武装斗争。由于国民党反动政府的苛捐杂税是直接剥削农民的刀子，农民深感痛苦，所以我们的宣传活动即从反苛捐杂税开始。我们编的顺口溜传单有：

        田粮捐，牲口税，逼得穷人直掉泪。
        三亩二亩薄地头，不够官府捐和税。
        国民党，杀人刀，苛捐杂税如牛毛。

---

* 本文原标题为《荥阳起义纪实》，收录时做了适当修改。

害得穷人不能活，起来毁掉这把刀。

国民党，害人坑，苛捐杂税数不清。

起来打倒国民党，苛捐杂税一扫清。

附加税，附加捐，层层附加没个完。

一张嘴，就要钱，管你作难不作难。

逼得穷人难活命，起来跟他闹翻天。

我们支部根据传单内容，用本地群众的语言，非常形象地向农民群众进行宣传，并举出两个农民运动的先进地区来进行宣传，一个是广东的海陆丰，一个是河南信阳的四望山，取得了很好的效果。

在工作中，我们注意发现积极分子，够条件的即吸收为共产党员，扩大党的队伍。先后经我和张国权介绍入党的有李太平（赤贫农，刘胡同人）、党小水（雇工，全洞人）、肖登科（贫农，水磨人）、刘俊才（铁匠，刘胡同人）、周联三（双楼郭人，祖师庙小学教员）等五名同志。经贾守谦和张伯超发展的有两个党员，一人叫李和尚，另一人叫什么名字忘记了，是个小学教员。

在发动抗捐活动的同时，我们也着手组织以水磨村为中心的农民协会。经过酝酿串联，有20多个比较贫苦的农民自愿参加了农会。2月的一个夜晚，在水磨村的一个窑洞内，正式成立了地下农民协会，推选张丙辰为农会会长。

为了进一步提高群众抗税斗争的积极性，我们选择了荥阳县第五区（即杨寨区）的一个催粮收税的狗腿子——郭旺，作为首先打击对象。

这一天，我们叫了几个党员和积极分子来刘胡同村赶集，恰好郭旺又来向小商贩摊子收"出摊钱"和"坐地税"。他吃人家的包子、凉粉，不仅不给钱，还骂人打人，我们立即上前和他讲理。郭旺气焰很高，很快激怒了群众，群众一拥而上，将郭旺狠狠打了一顿，还绑起来游街示众。群众还高呼"反对苛捐杂税""取消苛捐杂税"的口号，将郭旺绑在一棵槐树上，让他保证不再欺压群众、不再收捐税后，才放了他。这一场斗争，在群众中引起了良好反映，大家纷纷说："组织起来力量大，恶人坏蛋都害怕。"

支部接着又研究了第二个步骤，就是趁着农民群众的革命情绪高涨，再次打击张王海。张王海是水磨、刘胡同、时寨、汪庙一带的一个小恶霸，他的职务是"地方"（当时蒋介石的保甲制度还没有建立，"地方"相当于后来的保长，一个"地方"可以管好几个村庄），充当大土豪劣绅宋千甫的走狗，专门对农民敲诈勒索，还欺侮调戏妇女。

有一天，我们听说张王海又在欺负一家贫农。我立即让一个党员挺身而出，同张王海讲理，接着就有几个积极分子站在贫农一边说话。张王海是一个霸道惯了的人，一般穷人哪里放在眼里，气焰很高。于是我们立即反守为攻，把张王海抓了起来，绳捆索绑，打了一顿，戴上高帽子游了街。

经过以上两次斗争之后，大长了穷人的志气，大灭了地主恶势力的威风。有些平常老实不敢说话的穷人也抬起了头，甚至围绕着锅台转的农村妇女也说："瓦片儿也有个翻波浪的时候。"

党支部了解到这个情况后，利用夜晚组织了多次的农民协会活动，大大鼓舞了农会会员的士气。广大群众开始认识到"组织起来力量大"的真理，农民协会在很短时间内由20多人发展到50多人。

当时省委要求我们尽快发动一次武装暴动，又派来一位老曹同志（确山县人，苏联留学生）帮助我们做武装暴动的准备工作。上级党组织用党费买了一支盒子枪发给我们，我又设法买了一支湖北条子枪作为我的党费献给了支部，另外又买了一支撅把手枪，但是都只有几盘子弹，其余人准备的都是大刀和红缨枪。

1928年的春天有些旱，麦子长得不好，人民群众只得吃糠咽菜，生活非常艰难。偏在这时，国民党反动政府为了准备军阀内战，加紧了对广大农民群众的剥削与压迫。一个是食盐提价，一个是预征粮（款），这就像两把尖刀，直插农民的心脏。

针对当前形势，我们党支部研究了一个武装暴动计划：组织武装力量，突袭杨寨区公署，活捉大土豪宋千甫；召开群众大会，宣布他的罪状，撤销"预征粮（款）"和"食盐提价"的命令；把区公署征到的粮食分给贫苦群众。省委和郑州市委批准了我们的暴动计划，于是我们组织了50多人的暴动队伍，由共产党员张丙辰同志任暴动队队长，定于 4 月 14 日夜动手。

中共河南省委用红绿纸印发给我们的《告农民书》，全文如下：

起来，起来，我们的农民兄弟！

我们接受中国共产党的领导、高举起这面战斗的红旗。打倒国民党！打倒蒋介石！反对压迫剥削！反对苛捐杂税！我们要夺取政权，我们要收回土地。我们紧握手中刀枪，我们拿起战斗武器！我们不愿忍饥受饿，我们不愿再当奴隶！

起来，战斗吧，农民兄弟！

团结，前进吧，农民兄弟！

最后胜利一定是我们的！

14 日午夜 12 点钟，暴动队伍在张家坟大柏树林集合，我根据省委印发的《告农民书》的内容，发表了激昂慷慨的讲话："……我们的这面红旗今天是深夜里打出来，但它像火焰一样照亮了四周的黑暗。我相信，总有一天我们的红旗会在阳光下高高飘扬！"

在我讲话以后，暴动队伍随即向杨寨区公署进发，我举着红旗和暴动队队长张丙辰同志走在队伍的前面。在我们接近敌区公署时，发现敌人毫无防备，我们立即按计划分路进攻。当我们这一路进到区大门口时，只有一个守卫的区丁在抱着枪打瞌睡。我们立即上前缴了他的枪，把他捆绑起来，迅速进入院内，直扑东屋区丁住室。他们正在梦中，就被我们缴了枪，此时共缴获了5支枪。同时，贾守谦同志领的一路人马从后墙跳入，直扑南楼住室活捉宋千甫。

这时，宋千甫和一伙人正在打麻将，贾守谦他们当即动手把几个坏家伙拉到院内。有人问他们姓什么，其中有一个人回答"姓宋"，有一个人说是"税务局局长"，众人愤怒地把这几个坏蛋立即处决了。

有几个坏家伙跑到了南楼顶上，我们立即上楼抓他们。当暴动队队员刚踏上楼梯时，从楼梯口打来一排枪。我们一听是盒子枪的声音，立即命令停止进攻，把写有大土豪劣绅宋千甫十大罪状的告示贴在国民党区公署的大门口，把《告农民书》和"反对苛捐杂税""反对预征粮预征款""打倒宋千甫""打倒国民党""中国共产党万岁"的标语贴到墙上、树上后，暴动队伍立即撤退。

荥阳暴动后，反动县政府很恐慌，就连郑州的敌人也加强了戒备。敌第五区公署陷入混乱状态，预征粮、预征款的反动措施塌了台。敌人紧接着进行反扑，派兵来抓我和张国权同志，我们立即转移隐蔽。敌人把暴动队队长张丙辰和农会会员张二来抓进荥阳监狱，严刑拷打，但他们都没有泄露任何秘密。特别是张丙辰同志被敌人用刺刀穿透锁骨，又穿了铁丝，血流满身，审讯时打皮鞭、压杠子，遭受种种酷刑，但张丙辰是个硬汉子，坚强不屈，一字不露，保全了这个地区的党组织和农会组织。

荥阳暴动以后，省委派来帮助工作的老曹撤回省委，我们托他先回省委汇报，我和贾守谦先转移到西平县隐蔽了几天。接着，我又秘密地回到郑、荥、密边境一带，用推磨转圈的方法坚持工作。1928 年底，白色恐怖更加严重，郑州市委机关遭到破坏，我以走亲戚的方式到开封向省委和省军委负责人汇报了荥阳暴动经过和工作情况。省委、省军委听了我的汇报以后，根据情况变化，改调我做兵运工作，我走上了新的工作岗位。

商城惊雷

王玉田

1928 年 8 月，中共商南区委在太平山穿石庙召开了党的重要会议，传达了上级党组织的有关指示，具体研究布置了南乡的工作：除继续在南乡农民中发展党的组织外，还在反动民团内部发展党的组织，并乘反动民团扩充之机，派党员打入民团内部，把民团的枪支掌握在我们的同志手里，一旦时机成熟，马上发动武装暴动。

团区委书记周维炯同志很早就打入了南乡三大反动民团之一的杨晋阶民团内部。由于精明强干，他担任了丁埠民团中队的四班班长兼教官，成为团总面前的"大红人"。他在民团里摸熟了情况，站稳了脚跟，并根据党的指示，在穷人中间开展活动，设法接近那些被骗的团丁农民，启发他们的阶级觉悟，并在他们中间发展党的组织。

当时，我和严运生由于生活没着落，只好在丁埠民团当兵挣饭吃。周维炯同志为人正派，豪爽慷慨，不赌不嫖，还专好和一些穷人在一起拉家常，能体贴穷人的苦处。我们三人不知不觉地成了好朋友，最后还撮土为香，歃血为盟，结为生死之交。周维炯不断地向我们灌输革命思想，启发我们的阶级觉悟，还介绍我和严运生加入了中国共产党。

经过一段时间的努力，丁埠民团已经有党员8人，又在当地发展了4名农民党员，成立了党支部，并在支部周围紧紧团结了一批同情革命的人。与此同时，肖方、廖炳国同志在农民中建立了党的外围组织"兄弟会"；李梯云、詹谷堂同志在南溪、白沙河、二道河、杨山煤矿等地发展了一批工人、农民入党，建立了党的组织；漆德玮等同志也先后打入其他民团内部，掌握了一部分武装，党在商南地区的力量迅速壮大起来。到1929年1月，商城已有党员370余人，农会会员400余人，秘密武装100余人，革命斗争的烈火在全县城乡遍地燃烧。

商城南乡革命斗争浪潮的不断高涨，使反动地主阶级恐慌万分。他们不惜采取一切残酷手段，极力镇压革命斗争，一些党的优秀领导人相继被杀害，革命遭受了重大损失。

1928年9月，豫东南特委派张廷桂、杨桂芳来商城指导工作，经县委委员马石生和钟启泰两名同志介绍，住在县城朱氏巷阚家客店。当夜敌人进行大搜查，张、杨两同志没有身份证，以形迹可疑罪名被抓捕。国民党当局对他们进行了严刑拷打后，将其送到驻潢川军阀任应岐处。上述四位同志被捕后，除钟启泰年纪小被释放外，其余三名同志均被敌人杀害在潢川。

1929年初，县委书记李惠民和委员丁树勋去东乡一带进行革命活动，被反动分子发现并告密。敌人包围了丁树勋的家，将李惠民、丁树勋逮捕杀害。

根据这种情况，豫东南特委和鄂东特委于1929年3月13日在光山县柴山堡南竹园召开了两特委联席会议。会议传达了中共六大会议精神，研究了商城形势，分析了商城南乡党的工作发展情况，做出了"积极准备，发动商南暴动"的决定；豫东南特委根据商城情况，暂将商城南乡的党组织委托鄂东特委领导；鄂东特委决定派徐子清、徐其虚等同志到商南帮助工作。

正当南乡党组织加紧武装暴动准备时，南乡的反动势力凭着他们的反革命嗅觉，加紧了对革命活动的镇压。白沙河反动民团头子郑齐玉，到处搜查共产党和革命群众，对被捕人员严刑拷打，妄想打开一个缺口，破坏商南党组织，情况变得十分危急。

在这种情况下，中共南乡党组织于5月2日在太平山穿石庙召开了紧急会议。会议决定：改原定中秋节暴动为立夏节暴动，即在5月6日立夏节晚上，各地举行暴动，夺取枪支，成立中国工农红军；徐子清、肖方担任暴动的总指挥，徐其虚、周维炯负责军事行动，廖炳国等人负责联络。

立夏节的前一天，正好轮到周维炯"值星"。他找到民团中队队长吴成格、队副张瑞生出主意："队长、队副，明天是立夏节，叫弟兄们把屋里屋外打扫打扫、整一下，好让弟兄们干干净净地过个痛快节。"他们一听，满口赞同："好、好，周班长，一切由你安排。"

早饭后，周维炯吹哨子集合队伍训话："明天是立夏节，队长叫我们打扫房子，把床铺和一些零零碎碎的都清理一下，枪支弹药划块地方放在一起，不准随便乱放。"在周维炯的指挥下，团丁七手八脚地干起来。忙了一阵后，里里外外收拾得干干净净，枪支弹药整整齐齐地挂在正屋墙上。这是为了在暴动时，便于控制枪支，故意将枪支集中起来才想出的办法。

立夏节到了，团总杨晋阶派人送来过节的薪饷，丁埠街上的商人绅士和附近的农户送来了摊派的鸡、鸭、鱼、肉、鸡蛋、米酒。好不容易等到天黑吃晚饭的时候，周维炯吹起了集合哨，点名时发现团丁田继美没到。

等了半天，田继美才慢腾腾地从茅房里出来。周维炯一见，生气地责问："田继美，你吊儿郎当地到哪儿去了？吹哨子集合你没听到？弟兄们等着过节，你净耽误时间！"

田继美一面系裤子，一面嘴里嘟囔着："我在屙屎，哪能听到哨子响，管天管地，也管不了人家屙屎放屁！"

周维炯听到田继美顶嘴，便发了脾气："来晚了，你还敢顶嘴，眼里还有没有我，耽误过节，罚你今晚站三炷香的岗。"

田继美很不情愿地站岗去了。晚上过节，那些团丁酒鬼们都想多喝几盅，谁也不愿意站岗，这下见站岗有人了，心里不由得高兴起来。其实这是周维炯为了把大门岗哨掌握在我们手里，故意在敌人面前演的一场"戏"。

晚饭开始后，五张桌子上摆满了鸡、鸭、鱼、肉、酒，团丁围了上去，一个个狼吞虎咽地吃了起来，我们的同志也按原定计划分布在各个桌子上。席间，周维炯抓过一把酒壶，说："弟兄们，今天过节，为了祝队长今后官运亨通，步步高升，我们敬他一杯酒好不好？"紧接着一些团丁也跟着起哄，起来敬酒，一会儿吴成格就喝得摇摇晃晃，醉得站不住脚，只好进屋躺倒了。

周维炯又把矛头指向张瑞生，这个家伙不上当，死活不接受敬酒，并说："别敬，别敬，会猜拳的我们猜几个。"

严运生卷起袖子说："我陪队副来几拳。"

张瑞生自恃拳技高，傲慢地说："来者不拒。"

开始严运生输了，张瑞生赢了几拳更加得意，严运生仍满不在乎地跟他来。这并不是严运生的酒量大，而是我们事先就准备了两把壶，一把壶装酒，一把壶装水，严运生的杯里是水，张瑞生的杯里是酒。

时间一分一分地过去了，张瑞生拳好赢得多、输得少，这局面真叫人心急。慢慢地周维炯发现张瑞生老出"三""五"的短处，就向严运生发了个暗号。经这一指点，严运生反过来连胜张瑞生。这家伙输了酒不服输，硬撑着干，越干越输，不一会儿，就醉成了一摊泥。

酒喝到这会儿，那些团丁一个个喝得烂醉，有的呕吐，有的发酒疯，有的又哭又笑……真是洋相百出。周维炯同志见时机已到，喊了声："动手！"同志们立即收缴了墙上的枪支，把张瑞生捆得结结实实的，叫醒了吴成格（吴成格原来是共产党员，由于他出身于地主家庭，暴动前为了慎重起见，没有和他发生联系）。

这时外面接应的同志已到，严运生朝天空打了几枪，大声叫着："共产党来了！"那些团丁一听可慌了，酒也吓醒了，一个个乖乖地当了俘虏。

周维炯同志向民团士兵讲话："弟兄们，不要惊慌！我们是共产党，是专门打富济贫、给穷人出力撑腰的，有愿意干的就留下，不愿意干的可以回家。"

民团士兵大都是没法生活才来当兵的，平时又受到周维炯同志的影响，见周维炯同志就是共产党，又听到共产党是打富济贫的，大多数都愿意留下来干。

丁埠民团暴动成功后，周维炯立即派四名同志连夜去汤家汇杨晋阶家缴枪。四人抄近路翻山越岭，直奔汤家汇。到了杨晋阶家，叫开了门，杨晋阶的大少爷在家，问："什么事？"

我们的同志说："李集发现了共产党，'炯爷'叫我们来取枪，好去打共产党。"

144

大少爷听说是打共产党，就让人把枪交给了我们的同志。这时，国民党一个"清乡"委员住在杨家，听说打共产党，非要跟着一块儿去，我们的同志满口答应。

刚翻过一个山头，那家伙累得走不动了，又改变了主意要回去，我们的同志说："好！送你回老家吧！""啪"的一枪，把这个罪大恶极的家伙干掉了。

在丁埠民团暴动的同时，徐其虚带领太平山、斑竹园、吴店等地的党员、群众，星夜攻克了白沙河，反动头子郑齐玉闻风而逃。当地农民在党的领导下，也纷纷武装起来。

在牛食畈，由肖方带领花尔中、廖业堂等八位同志化装成挑米的，混进了牛食畈老盐店里。当夜，反动民团团总杨晋阶带了一个勤务、四个团丁住在老盐店，花尔中等同志借着打牌的机会缴了团丁的枪，活捉了团总杨晋阶。

立夏节当夜，南溪的农民和学生在詹谷堂同志领导下，扛着土枪、大刀也举行了暴动。

党领导的立夏节暴动成功了，各路暴动大军从四面八方拥向太平山会师，后在斑竹园召开了大会，宣布成立了中国工农红军第十一军三十二师，周维炯同志任师长，徐其虚同志任师党代表，我们党在鄂豫皖的第二支红军队伍在南乡诞生了。

接着，中共商城县委又接连在杨山煤矿、马鞍山煤矿、鲍耳冲、南司、观音山、余集等地发动了武装暴动。

武装暴动的惊雷，在商城大地上滚滚震响！

矿山烈火

张　富

　　1927 年，我 27 岁，在杨山煤矿的花石板住。我租了杨山煤矿矿主高福兴的三间茅草屋，开了一家小铁匠铺。这家铁匠铺不大，可是接触的工人却不少，矿工大多在我这里翻修挖煤工具。有的工人在矿上受到矿主的欺压，也跑到我这里发牢骚；有的工人生活困苦，也到我这里倒苦水。我常和工人谈心，劝他们不要喝酒，更不要打老婆，还把共产党员张平舟同志给我讲的关于苏维埃的一些事，又讲给工人听。

　　大家都很感兴趣，不过又担心革命闹不成。我和工人一起算账，看看世界上到底是穷人多，还是富人多。我说："只要穷人们拧成一股绳，就能改变世道！"这一算，工人开窍了，纷纷要求参加革命。

　　由于我和矿上党员同志们的共同努力，很快就发展了一批共产党员。杨山煤矿分岭东矿和岭西矿。我在岭东矿成立了一个秘密党支部，成员有王泽武、彭仁桥、高五堂、高振武、雷长友等人，我担任党支部书记；岭西也建立了一个党支部，支部书记名叫王作清。两个支部共有党员100余人。

反动矿主高福兴似乎觉察到可能有共产党在活动，吓得跑到城里去了，再不敢轻易到矿上来。同时，国民党反动派的狗鼻子也伸到矿山，企图搜捕和杀害共产党人和革命工人。

为了对付国民党反动派的搜捕和屠杀，筹集活动经费和武器，党决定组织一个秘密游击队。我们挑选了一些身强力壮、胆大心细的工人当游击队队员，记得有吴学桥、祝少田、吴奇少、张泽仁、杨晓、汪麻子、郭矬子、汪德臣、曾秃子、刘少珍等20多人。

我们凭借着这支小小的地下武装，在矿山悄悄地打击国民党反动派的侦探活动，在乡下开展打土豪、铲恶霸的活动。白天，我照旧在铁匠铺打铁，工人照旧挖煤运煤，监工的眼珠滴溜溜转，也看不出个门道来；一到晚上，大家便各自悄悄溜出来，到预先指定的地点集合，然后出发去打土豪，同志们风趣地把这种行动叫作"摸瓜"。

1929年立夏，商南地区丁埠反动民团在我党的领导下举行了武装暴动，国民党反动派更加惶恐不安，加强了戒备。我们秘密游击队的活动受到很大阻碍，形势十分紧张。

县委决定立即举行暴动，领导工作主要由雷长友、吴学桥和我担任。我们分别在岭东、岭西两个矿区召开了支部大会，传达县委的指示，进行了暴动动员，并且做了具体的布置。

但是，党内也有个别同志思想犹豫，高五堂就是这样。高五堂是个老工人，挖煤很有经验，干活实在能吃苦，也能热心地替同伴解决一些问题，因而在矿上有比较高的威望，工人都很敬重他。可是，由于他是矿主高福兴的长辈，觉得有些下不了手。对于这种情况，有的同志主张丢开高五堂举行暴动。但是我们认为：高五堂的一言一行，对广大矿工都有影响，革命形势要求我们必须尽量地把大多数同志和群众团结在党的周围。

为了暴动的顺利成功，为了团结全矿700余名工人共同革命，我们对高五堂进行了耐心的帮助教育，使他认识到我们与高福兴的矛盾是不可调和的阶级矛盾。高五堂终于坚定了立场，工作既认真又积极主动。

为了对付国民党反动派的镇压，开辟商东红色革命区，党决定在秘密游击队的基础上，扩充这支工人武装，正式命名为"杨山煤矿工人纠察队"，由我担任工人纠察队的队长，并兼任党代表。我们的首要任务是搞武器，把自己武装起来，于是我将全队分成六个班，各班分头下去搜集武器弹药。很快，就搜集了200余支土枪和一大批大刀、长矛。

当时，矿山由监工马二稞掌管。这个家伙倚势仗权，心狠手辣，经常借故打骂工人，工人对他早就恨之入骨。所以，暴动一开始，我们就抓住了这个作恶多端的马二稞，经过公审，当众处决了他。

暴动的当天晚上，我带领纠察队来到张柏岭一带，挥舞着大刀长矛，一口气打下了项白胡子和刘谦甫家的土围子。首战告捷，使我们得到了一笔经费，决定用这一笔钱去购买武器。队员徐裁缝原来在黎集有一些社会关系，于是就派他通过关系花了400块银圆，从汪家的民团买出了两支长枪。后来，我们又派队员周长德到西余集，用180块银圆买回了一支马拐子枪。

就凭着这几支钢枪和刀矛土铳，我们工人纠察队在短短的一个多月时间里，纵横30余公里，打下了郭家楼、李家围子、洪家上楼、林家箭楼、何家东楼、王家新屋、麻雀湾、秦家北围子、姚家老寨等十几处土豪劣绅的土围子，还杀掉了方集龙头上的恶霸李少伯。我们以积极的武装行动，有力地打击了土豪劣绅，发动了群众，扩大了红色区域。

当时，国民党反动派为了镇压革命，就大肆造谣说："共产党是土匪，打下围子房烧尽、人杀光，还共产共妻，比洪水猛兽还厉害。"不少群众不明真相，害怕我们纠察队，给革命工作造成了很大被动。

为了粉碎敌人的谣言，我们提出了鲜明的口号："反压迫，反剥削，反对雇工，反对高利贷；只杀民团头子，不杀团丁。"同时，我们严明纪律，注意群众影响，因此，深受广大人民群众的欢迎，对民团内部也起到了很好的分化瓦解作用。

暴动成功之后，我们工人暴动队伍与二道河的农民暴动队伍会合，采用民主选举的方式，成立了矿山"赤色工会"，雷长友当选为"赤色工会"委员长，彭仁桥、高振武、柳玉芝和我当选为工会委员。

矿山上的一切事情都由工会安排决定，工人再也不受矿主、把头的欺压了，过去被人看不起的穷煤黑子，今天真正成了矿山的主人！

青龙河畔起风云

钱 钧

我的家乡位于河南省光山县西南殷家棚。这里地处鄂豫边界，南靠红安，北依淮南，西与罗山南部接壤，地势山重岭叠，丘陵起伏，巍峨的牢山屹立在西南，山顶古寨层层，石垣相衔，蜿蜒弯曲的青龙河从牢山山脚下横穿殷区全境。早在大革命时期，武汉党的领导机关就派熊少山、殷仲环、杜彦威同志深入殷家棚地区，从事秘密建党和组织秘密农民协会，为后来殷区发动大规模武装起义奠定了良好的基础。

1924年冬天，我为生活所迫，流浪到汉口一家翻砂厂当铸锅工人，在厂里秘密党组织的培育下，曾多次见到董必武同志。1926年4月，董老介绍我入党，并参加了工人纠察队。

1927年，蒋、汪叛变革命之后，汉口形势紧张，上级命令我回光山殷区，协助当地党组织搞农民暴动。我回到家乡后，同当地党组织负责同志一起，向家乡父老兄弟姐妹讲

151

解广东和湖南的农民运动情形，采取各种形式宣传思想，组织群众。我们首先在火神庙召开了近千名农民参加的群众大会，公开建立起了殷区第一个农民协会。不久，东岳庙、殷湾、大朱湾、钱湾、岳畈、周洼、罗北冲等村庄，也相继成立了农民协会。

农民运动的兴起，使殷区的反动地主阶级惊恐万分，他们便举起屠刀，向农民疯狂地杀来。牢山寨主陈子培组织心腹爪牙，明目张胆地将李庄的陈维正、陈维世、陈维信、陈维宗兄弟四人杀害，并扬言说："这就是穷鬼'造反'的下场。"

在血的教训面前，我们坚决按照党的八七会议精神，积极组织农民自己的武装——农民自卫军。我们把同我一起打猎的 20 多人组织起来，作为农民自卫军的骨干，然后再经过他们去宣传、组织农民自卫军。同时，我们还采取农民推荐和自愿报名的方式，使农民自卫军很快就发展到 200 多人，由我任队长，由熊古如任指导员。

小岳畈周围有茂密的丛林，地形险要，便于隐蔽和训练。除我有一支手枪外，其他都是鸟铳、土枪、大刀、红缨枪，这在当时算是好武器了。农民自卫军在党的领导下，不断地打击地主阶级的反动势力，把农民运动从"警告""罚款"推进到直接打击地主武装的阶段，产生了极大的声势和影响。

1929 年秋，易本应在岳禄平等豪绅地主的怂恿下，指挥手下向殷区南部发起进攻。此时的农民自卫军第一次同强敌作战，既不懂战术，又没有像样的武器，于是我们便采取了虚实结合的办法同敌人斗。夜间，我们把山上的部分树头砍掉，留下一人高的树桩，穿上衣裳，戴上帽子，从远处看去像真人一样；另外还准备了大量的鞭炮和铁桶。战斗打响后，各种武器一齐开火，小鞭炮在铁桶里发出像机关枪一样的响声。

匪首易本应骑马立在山头上，发现漫山遍野都是我们的人，听到像快枪又像机关枪一样的"啪、啪、啪""嘟、嘟、嘟"的响声，摸不清我们有多少兵力和掌握了什么样的武器，一时不知道如何进退。

我们抓住这个有利时机，果断地下达了反冲锋命令，所有队员在喊杀声中向敌人猛扑过去。由于声势猛烈，敌人乱了阵脚，掉转枪口，只顾逃命。易本应像猪一样地喊着："顶住！顶住！"其实他跑得最快。

匪首易本应吃了苦头以后，加紧网罗反动势力，勾结地主武装、反动民团、土匪、流氓地痞、帮会恶棍，还有红枪会、黄枪会、大刀会、扇子会等各种各样的反动武装，对整个殷区进行全面"围剿"。他还亲自坐镇殷家棚指挥，并在殷家棚设立了民团分团部。一时间，整个殷区被反动派搞得血雨腥风，鸡犬不宁。

在这种情况下，殷区党组织经过研究，决定把队伍拉上连天岗，并开会讨论了暴动问题。我们认为：从殷区的形势看，地主有武装保护，我们要搞土地革命，只有用革命的武装去消灭他们，土地才能真正回到农民手里。我们计划：将殷区的农民自卫军编为一个大队，由我指挥；一旦暴动成功，立即成立区苏维埃政府。我们的行动计划得到了光山县委的批准，也得到了红军和友邻区乡的援助。

1930年4月10日早晨，朝霞满天，乳白色的浓雾给所有的山峰披上了青纱。在红军的配合下，3000余名农民从四面八方涌来，我和殷仲环等同志分别带领暴动队伍，把殷家棚团团围住。为防止易匪连同岳禄平等反动地主逃跑，另外安排了一支暴动队伍由熊古如带领，埋伏在易匪突围时必经之路的丛林里。

"轰！轰！"我亲手点燃了俗称"大白龙"的土炮，发出了震撼天地的巨响，这是暴动队伍发起战斗的号令。顿时，枪声、杀声、口号声汇集成了强大的轰鸣压向敌人。3000余名群众对易匪数百名团丁发起了进攻，杀得他们鬼哭狼嚎，哭爹喊娘，跪地求饶。号称"易大元帅"的易本应，骑马狼狈逃窜时遭我军伏击，在逃跑时回头打死了揪住马尾巴跟着逃命的护兵，地主岳禄平也被他的一伙亲信架着，像拖死猪一样顺着山沟逃走了。

这次暴动取得了重大胜利，缴获各种枪支200余支。几千名群众在青龙河畔的殷家棚召开大会，庆祝殷区暴动大捷。会上，殷仲环宣布了殷区苏维埃政府成立，我被宣布为乡苏维埃主席。

散会后，我和熊古如等人先到岳禄平家，把他家祖辈相传的地约房契当众烧毁，接着又把粮仓打开。分完粮食以后，又把鱼塘的塘埂挖开，各家各户都分到了几条大鱼，合起来足有几千斤。

殷区革命政权和革命武装建立起来以后，数十里的山区一片火红，大朱湾、殷湾、罗北冲三个乡的苏维埃政府，也在殷区苏维埃政府的指导下，展开了轰轰烈烈、热火朝天的革命。

白狗庙起义[*]

肖　章

　　1930 年春天，年满 17 岁的我到离家十几里路的确山县立第三小学求学。这所小学建在确（山）、信（阳）、正（阳）三县交界处的白狗庙，是当地绅士郑明山（郑立钊）出面创办的。郑明山掌握有近百支枪的武装，好打抱不平，在共产党的影响下，拥护革命，并亲自出头露面积极办学。校长朱群（化名朱睿生，中共信阳北区执行委员会负责人），教导主任申耀东，教员陈兰轩、杜滋寿、黄绍先等人都是共产党员。后来为了加强领导，党又派区委书记潘石钦来校。

　　在党组织的培养教育下，我提高了认识，不久，党组织批准了我的申请，我和其他一些同学加入了中国共产主义青年团。

---

　　[*]　本文原标题为《记忆中的白狗庙起义》，收录时做了适当修改。

一天傍晚，校长告诉我，让我深夜时分到他的屋子里去开会。熄灯后，我上了床假装睡着，3个小时后，我看同学们都睡熟了，就悄悄地起来，向校长的住室走去。

走近一看，发现校长的屋里连一丝灯光也没有。我犹豫了一下，校长不是对我说要开会吗？屋里怎么不点灯呢？可能是自己记错了吧。又一想，不对，既然校长让我夜间来，必定有重要的事情，还是问清楚好。

我走到门口，轻轻地敲了几下门，门开了。进屋一看，只见几个人正围着一盏不大亮的小油灯，蹲在一张方桌底下。

校长叫我也赶快蹲下，告诉我说："这是一次党团小组会议。"这是我入团以来第一次参加这样的会议，我高兴得真是无法形容。

我入团以后，党交给我的第一个任务，就是做学生会的筹备工作。确山、信阳、正阳毗连区学生联合会成立时，我当选为总务主任（即学生会主席）。学生会成立后，正赶上五卅运动纪念日，我们就以学生会的名义到学校四周的集镇和农村中展开宣传，号召人民起来打倒土豪劣绅，反对苛捐杂税，反对帝国主义支持下的军阀混战。

那天，我和一帮同学到离校十几里的申河镇宣传。申河镇正好逢集，街上人很多，镇上的豪绅看见是白狗庙的学生来宣传，硬着头皮假惺惺地来招呼我们，因为他们晓得郑明山先生不好惹。我们贴标语、散传单，还在集镇中心摆上桌椅，向群众大讲军阀混战给人民带来的苦难，讲土豪劣绅欺压穷人的罪行。群众听到我们的宣传，都点头称赞，豪绅却皱着眉头一声不吭。

在这期间，党组织还派党员和共青团员到学校四周的农村去组织农会和鞭杆会（即雇农工会）。我分的地方正好就是我那个村（确山张刺林村）和附近一带村子。我一回家，就先把一些穷苦的近门叔叔、兄弟都组织起来，发展他们成为农会会员，又通过他们亲连亲、邻连邻的串联活动，很快在几个村子建立起了农会和鞭杆会。

1930 年 7 月，为了支援湖北等地农民暴动，党组织决定举行武装暴动。当时，驻扎在信阳的中共京汉特委派来了贾子郁、孔健吾和一位名叫金克清的军事干部，负责领导暴动工作。区委还选派曾在 1927 年参加过确山暴动的张子才（又名张明斋、张国栋）同志担任游击队队长。在暴动准备工作中，分给我的任务是写标语、传单。为了迎接暴动，我还在明港镇做了一面绣有镰刀、斧头的大红党旗，落款是"中国工农红军先遣队某某大队"。

暴动开始前几天，区委决定要杜滋寿隐蔽下来，坚持地方工作；要我把农会和鞭杆会组织好，一旦暴动成功，就拉出来配合主力公开干。我回家后，把党组织的意图告诉了村上的农会和鞭杆会成员。

暴动是在 7 月的一天夜晚开始的，首先打大地主张包。张包的父亲叫张天真，是个无恶不作的坏蛋，1927 年马尚德搞暴动时就曾打过他。

当天半夜时分，我们听见远处传来一阵枪响。我心里想，八成是暴动成功了，便决定去白狗庙打探一下虚实。第二天天不亮，我就起床向白狗庙走去。离白狗庙不远时，只听见长枪、短枪噼里啪啦响个不停。

当时正是学校放暑假，学生和教师都随暴动队伍出发了，只有附近的老百姓在那里休息。我看到这种情况，没敢多停留，就急忙往回走。我蹚过一条小河，赶到一个小村边时，看见前面有一群跑路的群众，就紧追几步，插在他们中间继续往前走。

这时，只听背后敌人一边打枪一边高喊："站住，不要跑了，再跑就朝头上打了！"我鼓励群众说："别管它，跑！跑！"跑到一座破庙前，敌人的视线被挡住了，我乘机蹚过一片沼泽地，来到一户亲戚家里，才算脱离危险。

后来知道，暴动因缺乏经验而失败了，红军游击队撤到了正阳县境。

桐柏起义[*]

王汉民

　　1929 年冬，国民党为扩大其反动势力，在桐柏城关办了"党政自治训练班"，我党派张华先（又名张士哲）负责桐柏党的工作。为了取得合法、公开的身份，便于广泛开展工作，组织决定让张华先等人报考"党政自治训练班"。同时考入训练班的地下党员有：喻广谦、段金亭、桂仲景（又名桂运彪）、喻广顺、张东汉、叶佩祥（又名叶维斋）、马星灿、王乐民、张西民等。他们进入训练班后，积极从事党的地下活动，宣传马列主义，并创办了民众夜校，发展党的组织。我在上夜校期间，由张华先介绍加入了中国共产党。

　　1930 年 7 月 20 日，党的负责人张华先让我通知桂仲景、叶维斋、聂金亭、邓春和、张荣贞、张老二、彭四楼、石义安、张天林、桂书英、金小霞、彭献之、喻广顺、喻广谦、

---

　　* 本文原标题为《关于桐柏起义的回忆》，收录时做了适当修改。

喻明山、彭志宏、孙子栋等人，晚上到喻家窑喻广谦家开会，由喻明山在外站岗放哨。

会议由张华先主持，他首先问城东关寨长叶维斋："东关你有把握没有?"叶答："东关枪支基本都掌握了。"（城东关有50多支枪，9个炮楼，我地下党员叶维斋、桂仲景是东关寨长，直接管理这几个炮楼的人员。）

接着张华先说："桐柏暴动日期定于7月23日晚12点，以打12点报时钟为号。从现在起，第一，把东关炮楼里的枪支掌握在我们手里；第二，三天之内，喻家窑支部、东关支部的同志，任何人不准外出；第三，全体同志须听统一指挥。"

后来又研究了具体分工：由张西民、何华斋、邓春和、何家民负责打死敌县大队大队长桂荫亭。因张西民是县大队部的一个班长，在东城门炮楼上站岗，由他负责控制往东的路口；在县警察局的何华斋、何家民把住通往西街的路口，计划在桂荫亭出县大队部到正街时，东西两方夹击；邓春和等在队部行动。另由叶维斋、桂仲景负责收缴东关炮楼枪支，王汉民、金小霞、金荣贞、石显长、袁献之、胡佩尧为联络小组成员，负责各暴动点之间的联系，但不准参加公开活动，以便暴动后留下隐蔽，并让朱业炳、何华斋从县大队部向联络小组通报情况。

23日晚暴动前，叶维斋、桂仲景以值班为名，将县城东关9个炮楼的50余支枪控制在党员和同情分子手里，并把枪支集中起来。接着，桂仲景、叶维斋带领6个人包围了李云堂商行，没收了其枪支。

当夜12点钟，叶维斋、桂仲景在东关炮楼鸣枪发出暴动信号后，立即带人向城内冲击。城内警察局也以打12点报时钟为号，在城内开始了行动。

县大队大队长桂荫亭被枪声惊醒后，带着护兵王昆峰往县大队部外面跑。出门向西走到警察局附近时，孙子栋、何华斋、何家民在排房口喊："口令?"

桂荫亭答："大队长!"

孙子栋他们"啪啪"立刻向桂打了两枪，可惜没有击中。桂荫亭急拐向东，回到了县大队部，张西民在东城门楼上"啪"一枪打在桂荫亭脚后跟的石条上，也没有击中。桂荫亭跑进大门进了头层院，翻西院墙到刘子清家躲了一会儿，听到枪声稀疏后，才和护兵王昆峰连夜跑到城北方寨（距城约10公里），找到了大河区区长方振东。

我城内警察局、县大队里的人打开东城门，在东关与叶维斋、桂仲景等人会合后，共100多号人，六七十条枪。凌晨1点钟左右，张华先清点队伍，把暴动队伍拉到城东，经河水堰、魏家贩、徐寨到了杨林沟，住在杨家祠堂，等待金桥支部的同志会合后，准备去四望山。

24日，县大队大队长桂荫亭、大河区区长方振东带领大河区反动民团，从方寨进城。桂荫亭大摆宴席招待方振东，并于当日上午通知暴动队队员家属开会，阴险狡猾地说："你们的孩子不晓事胡闹，你们去叫他们回来，我保管没事。"

结果，20多个暴动队队员家属被蒙蔽或被迫去找子女。与此同时，张华先也召开了党员会议，说："革命不走回头路，我们来了决不回去！决不能听桂荫亭的，他绝对不怀好意！"

26日上午，桂荫亭、方振东带领部队从河水堰上岭抵达杨家祠堂，包围了暴动队伍。杨家祠堂北临淮河，东南西三面环山，地形不便突围。时逢天降大雨，淮河水暴涨，敌人到达此处后占领了东南西三方山岭，居高临下向暴动队伍射击。暴动队队员及家属牺牲了20多人后，从两个方向向外突围。一部由张西民、邓春和带领向南冲，打算到湖北随县；另一部向北渡河突围，数人被洪水冲走牺牲。

此次战斗，叶维斋在杨家祠堂被俘，牺牲时高呼："共产党万岁！"桂仲景负伤，敌用高系笼子抬着他去见桂荫亭，桂荫亭凶狠地说："你要我的命哪！"一枪击中桂仲景，桂仲景牺牲；何家民在战场上牺牲，张西民冲了出来，后在出山店牺牲；张华先、聂金亭、许春祥突围后到了信阳。1931年，张华先在信阳被反动民团认出惨遭杀害。

暴动失败后，桂荫亭在县城成立了"惩办赤匪家属委员会"，对暴动队队员家属进行了残酷迫害。他们以损失枪支为借口，强迫暴动队队员家属卖田、卖房赔偿。曾卖掉桂仲景的田地45亩、喻明山的田地35亩、聂金亭的田地20亩、叶维斋的房子 5 间、许春祥的房子 3 间、陈顺兴的房子 3 间、张天林的房子 4 间、魏广善的菜园地 2 亩。无田产可卖的，就卖暴动队队员家中的年轻妇女。他们将邓春和的老婆陈氏卖了 100 块银圆，叶佩祥的老婆徐氏和张西民的老婆段氏各卖了 70 块银圆，还将张西民、金美中、聂金亭等人的家属逮捕关押，进行迫害，致使不少革命先烈家破人亡。

舞阳下澧河起义

姚丹村

1929 年，我随杨虎城部队由胶东开赴南阳，师部驻在城内，各旅分驻在附近县城里。第二年，党在南阳城内举行了一次联席会议。会上，白玉文报告了当时的国内外形势和党的任务，讨论分析了当时国内形势的特点：蒋、阎、冯各军阀间都在钩心斗角，以加强自己的阵容。特别是大军阀蒋介石，以江浙财阀为靠山，以美帝国主义为后盾，抛出大量金钱，对冯玉祥的嫡系军队韩复榘、石友三等人进行收买，使冯玉祥忍无可忍，大战有一触即发之势。

我们经过研究后认为：可利用这一大好形势，进行革命工作，以搞垮敌人，扩大革命武装，建立革命根据地，变军阀间的战争为革命战争。

会议过后，第七军军委即派孙永康陪同特派员白玉文到前方冯钦哉旅进行工作。这时，军部也让我以教官名义带五六十名侦察员协助前方部队做侦察工作，随旅部驻在叶县的旧县镇。

当时，我党在杨虎城部队中早有组织活动，尤其在第一旅冯钦哉部队，党的力量十分雄厚。在南阳城内杨虎城的教导队中，有3个中队在我党的掌握之下，张焕民、赵萃任、王明等是这3个中队的中队长。他们已经有了半年多的训练，在队里发展了组织，培养了骨干，随时可以听从党的召唤；地方党组织力量方面，南阳、邓县、新野、唐河诸县的群众基础都很好，成立有农民协会，掌握有一定数量的武装，有过军事训练，随时可以发动起来。

有一天，特派员白玉文提议说："我们搞起义须成立一个起义的领导机关，成立一个前委会，来具体负责领导工作。"我和张焕民都同意这个建议，于是将开会地点确定在我们密查队的队部。

这一天，我把靠不住的人员都派出去工作，把可靠的人留在队部，外面放上岗哨，屋里桌上放着麻将牌，做出正在打牌的样子。我们在会上讨论了起义计划，选出孙永康任前委书记。他是军委派来的代表，二十四五岁，陕西关中人，能言善辩，有"小诸葛"之称。张焕民任组织委员，王老汉任宣传委员，刘煊营副任军事委员，我任交通委员。

不久，我们奉命移驻舞阳北的下澧河。这时，同志们都在紧张地工作：派人到各营连去串联，宣传起义计划。因为工作进行过急，走漏了消息。起义的风声传到了军部，杨虎城军长半信半疑，就派密查处处长张依中来了解情况。

那时，我正在患病吃药，但我依然保持镇静，泰然自若地和他随便谈了些前方情况，使他不起疑心。他走后，我们意识到张依中这次来前方，目的是了解我们的动静，想来我们在前方的活动已为军部所知，因此决定提前起义。恰在这时，旅长冯钦哉因事到南阳去了，给了我们一个发动起义的有利机会。

7月下旬，举行起义的这一晚，我们前委的成员开了半夜的会，会议决定：由我带两名卫士，帮助刘煊营副解决卫队营营长；手枪队的队长张焕民，负责解决门副旅长和军需处处长景鼎臣；其余的工作任务也做了交代与布置。

散会后，我挑选了两名得力的战士，跟着刘营副到了卫队营营长的住室。那个营长正在熟睡，刘营副朝他头部打了两枪，将他击毙。随后，跟我去的人捡了他和卫士的枪支。接着，听到另外的地方也响了几枪，别的部队也都顺利地完成任务。我们砸了军需处，把银圆抛在街上让穷苦百姓去拾，还缴了很多枪，密查处原来没有枪的战士，现在都有了武器。到了四更时，胜利的起义部队雄赳赳地向南阳方向进发了。

我们紧张地走了一天，到达叶县境内宿营。次晨饭后，在一个山坡上举行了一个全体官兵的誓师大会。会上，孙永康和白玉文讲了全国的革命形势和这次起义的意义，最后选举产生了中国工农红军第九军的领导机构：张焕民为司令员，孙永康为政治委员，我和刘煊为副司令员，王老汉为政治部主任。

为了不打乱建制，以原手枪队的约 200 人为第一支队，仍以张焕民兼任支队长；以原卫队营的约 300 人为第二支队，仍以刘煊兼任支队长；以原密查处的数十人和旅部起义出来的其他零星部队约 200 人为第三支队，我兼任支队长。开会之后，按照新的建制排好队形，唱着军歌，继续向南阳前进。

一天之后，我军到了赊旗镇（今社旗县，当时属南阳县）东 10 公里的郝寨。因据密报赊旗只驻有 1 个连的兵力，我们拿下没问题，因此我们在那里隐蔽了一夜，准备次日拂晓突袭赊旗镇。

第二天约四更时分，我们吃过早饭后，组织了便衣队，怀揣手枪，担着柴草，装作赶集的样子企图混进城去。不料，敌人已有警惕，紧闭城门，并在城墙上呐喊。我们在不得已的情况下开始组织强攻，但赊旗镇城高壕深，且已有准备，虽只有一个连的守敌，也很难取胜。这时，司令部命令部队退出战斗，迅速向东南方向转移，并于中午时分到达了唐河县北的王六庄。

午饭后，我们正在研究下一步的行动计划，突然听到寨外高粱地里有枪声响起，接着迫击炮也开了火。我们估计这是冯钦哉派兵追到了，于是予以迎击，自午至晚打了半天，互有伤亡。

就在这时，政治部主任王老汉对我说，司令部决定让我带领第三支队守住王六庄，第一、第二支队出寨去抄敌人后路。我认为他的话有理，就接受了守寨的任务。第一、第二支队刚出寨时，枪声炮声密密麻麻响成一片，紧接着枪声却越响越远，移向东南方向，逐渐趋于沉寂，根本不像是抄敌人后路的样子，这引起了我的怀疑。到了半夜的时候，敌人向王六庄发起猛攻。我们第三支队是刚拼凑起来的部队，官兵尚互不相识，无力迎战，王六庄遂为敌人攻陷。

由于起义军与追击军原是一个部队，穿的是一样的服装，不好分清楚，我才在混乱中身带一支驳壳枪混出寨来。我凭着天上的星星南行，临天明，到了唐河南的仝庄仝中玉家。我把枪放在仝家，问明特委的所在地，就去向特委汇报了这次起义失败的经过。

当前方部队起义后，特委曾派秘书杨连荣前往赊旗和起义军取得联系，但在路上被国民党部队盘查逮捕，并搜出党的文件。杨在无法遮掩的情况下，高喊"共产党万岁"的口号英勇就义。另外，第一、第二支队突围后，本打算撤向鄂豫皖边区，找徐向前部队会师。结果走到泌阳时，遭遇了当地反动民团王友梅部的截击，被包围缴械了。

豫晋区游击战争[*]

郭 大 佛

1932 年春天，河南省委因叛徒告密而被彻底破坏，河南绥靖公署"刘屠夫"便以迅雷不及掩耳的手段，在各县同时搜捕起来，沁阳首先遭受了意外袭击，组织工作就此停滞。

我回到沁阳后，当晚就和一些同志讨论决定发动起义。次日准备了一天，旗帜、标语、口号、红带等都预备妥帖，又秘密集合了十多个农民群众，当晚就向义庄六区出发。由于失去了联系，义庄的团丁事先一点也不知道，原先有联系的团丁都因差出发到各乡去了。可是明天就是新换的团长、队长就职的一天，不容稍事拖延，于是就将弟兄们从睡梦中拉起来整队，同时农民同志们已将区内的职员捆缚起来，把所有的账簿公文都堆积在一起浇上煤油烧毁，电话打碎。每

---

* 本文原标题为《豫晋区游击战争的经过和检讨》，收录时做了适当修改。

人都扛了枪，披上了子弹袋，再套上我们的红带徽，高喊着口号，和全体团丁一起列队开走。

这时，义庄村内的大地主胡姓家的武装警卫队，在他们的炮楼上向我们开枪。我们不予理睬，在黑暗的深夜里向西直进。

黎明时到了紫陵，恰逢是市集的日子，于是停下来做宣传工作。吃饭以后继续前进，所过各村仅让村长将账簿自行烧毁，一路不曾停息，赶到济源边境上的逯寨村才安定下来。这时我们的队伍有30多人、6支枪。

逯寨村住着一个放高利贷的小地主，我们队伍到了以后，宣告实行分粮吃大户。在两个钟头以内，民众自动地把这家小地主的粮食和财物夺取一空，甚至连其祖宗的牌位也给搬走了。尤其是妇女群众占最多数，可见民众对于剥削他们的豪绅地主积恨之深到何种程度。由于我们没有分粮的经验和方法，所以有的人抢得很多，有的人分得很少，最后邻村跑来的妇女们带着篮子和布袋大失所望。于是，我们又领导大家们去分了另一家富农的粮食，解除了这村地主、富农的武装。

下午4点，沁阳和济源的追击队合围而来。于是，我们集合队伍转移到村后的山上。这时，我们发现团丁中缺少了三四个人，他们趁着群众分粮、村中骚乱、自己站岗的当儿脱逃了，有两个甚至连枪都带跑了。

到了山上，怕大家因他们的脱逃而动摇，于是我们开会征求意见。我们干部提议把枪支埋起，队伍暂时解散，但大家一致表示愿和我们一起干下去，这才决定渡过沁河向西到济源西山去。于是我们几个人一起各自带手枪向西去化装侦察，大队交与吕同志（团丁，一班班长，最受团丁信任）负责，又另给他一支手枪。

我们几个人连夜渡河西上，走了 70 里路到了新庄村，恰好找到姓原的同志，在他家里住下。这时得知各村在春天逃亡出去的农民群众，有些已经回来，甚至有个密探队队长也住在村里，而济源各村区团丁已被县长征调出发到逯寨剿匪去了。于是，我们决定夺取武山村五区的枪支，在这里重新发动一支游击队。

我们及时集合了几名同志，于次日午后迅速扑向武山区，缴获了步枪十余支、子弹数百发、现大洋 300 余元、马 1 匹，击毙敌人 7 名，其余都和沁阳六区一样给烧掉了。这一突来的胜利，让受我们影响过的民众都兴奋起来。我们将队伍拉到勋掌实行分粮，另派党、郭两位同志往北社村逮捕那个密探队队长。等我们到了北社村时，恰好党、郭两位同志已经将那家伙捕获。这儿的民众也和勋掌一样，分粮之后自愿参加游击队。

这时，天下猛雨，势如倾盆，我们就在大雨中把队伍集合起来，共 50 余人，正式改名为豫晋区红军游击队第七大队（沁阳为第四大队），临时分为 5 个小队，郭同志为总队长，党同志为政治主任，我为军事主任，先派遣任同志（任同志为第四大队大队长）东返率领第四大队西来，同时第七大队向东挺进以援应第四大队，拟联合起来在西山一带开展游击战争。至沁河西岸时，已入深夜，因河水暴涨，无法横渡，又恐任同志有失，党同志遂偕郭同志绕道去迎。

四大队在我们走后即被沁阳、济源两县反动民团包围，又得不到我们的消息，不得已先行解散，吕同志还在潜藏等候消息。任同志过去后，即被敌人严厉搜索，未得与吕同志见面，即偕逯寨李同志返回，中途恰好遇到了党、郭两位同志，拟同回七大队。

是时，天已拂晓，敌人由后追到。因为我们七队宿营在沁阳河西岸，地形异常不好，迫不得已向北移动，迅速拉上山口，随时可能与敌人接触。这时，孙殿英部某团团副及一个连长带了 2 个随从、拉了 3 头满载行囊的骆驼从山口下来，被我们截获。我们将他们捆缚起来，搜索并未发现军火，仅获现洋及钞洋四五百元，他们大概是贩卖毒品的。

此时，敌人合围而来，七大队完全是农民，虽有十来支枪也不会放，听见敌人枪响，都动摇和恐惧起来。只有我和姓秦的那个学生向敌人还射了几发子弹后，就退上山去了。

我们带着几个俘虏感觉十分不便，于是就在进入山西界内的关隘前，把他们给杀掉了，借以警告后边追击的敌人。

党同志一行四人回到原宿营地后，又遇着一个张同志（师范生），五人绕道上山追赶大队，食荒中被山西反动民团识破，郭、任、李三位同志当即被逮送到阳城县监狱里。

党、张两位同志因在后面，急忙逃下山来，潜藏在村内。

是夜，我们七大队剩余人员又潜回河南界内，宿营在半山坳一个茅屋内。后半夜，投诚的一个县政府法警趁着大家熟睡之际，独自偷跑回白军队伍里。于是，天一拂晓，敌人便将我们包围，从四周山上向我们射击。偏偏这时，我们的向导还迷了路，把队伍领进了一个绝径的峡谷里，队员也不管下面的峭壁悬崖，竟不受命令，乱跳下去，枪与旗帜等所携的东西都扔了个干净。我在最后面眼看着一个同志把枪和子弹一扔，自己跳下去跌伤了。

在崖岭上的只有原同志、姓秦的和我三个人，于是我们三人将那个跌伤的同志救起来，爬到山崖的一个僻静的山坳里隐匿了三天三夜。

第三天的晚上，大雨又倾盆般下起来，我们又爬到先前宿营的那个茅屋里。次日叫那里住的一个农民把跌伤的同志送下山去，姓秦的我们也让他走了，单剩下我和原同志，枪也埋好了，只等着山口松一点时再行离去。

停了两天，我们的两个队员同一个在西边里种地的农民同志又来找我们，说现在有十来个同志跑到一块儿，有两支步枪、几支矛子。我们十数人重新集合以后，我和原同志又冒险去见了红枪会和联庄会的领袖，说服他们参加革命。这时党同志又从山下村中来和我们队住在一起，于是我们分成2支小队，一队住在原谷坪，一队住在寨沟。

开始的时候，这里的山主和闾长对我们十分友好。可是几天后一个早晨，突然有一大队白军攻上我们第一小队驻扎的济谷坪，原同志率领几个队员立即且战且退，退上绝崖的坳里。事后得知，这是那山主和闾长引来的，才知道又上了一回当。

此后，我们的队员越来越多，成立了 1 支中队，分为 3 支小队，每小队 10 人，原任中队队长，任为中队副队长，共有 3 支长枪、3 支手枪、100 多颗子弹，以沙沟河为根据地，袁王寨做大本营，开始游击战争。

我们不断下山去分粮捉土豪，捉住杀死反动的村长，不断地打死统治阶级派到乡下来要捐税的狗东西们。我们所杀的人事先都经过全体队员的决议，事后都有豫晋苏区游击队执行死刑的大布告。白色的乡村政治被我们整个破坏，村区长们也再不敢替统治阶级派款了（他们有些被迫不过，宁可自己逃走，也再不替白色政治服务了），整个农村都被赤色笼罩了。

此刻，我们最迫切的要求是找到上级的领导。于是，党同志亲自化装前去寻找，临行时带了 200 多元钱预备到郑县买些军用品。他到了焦作，又到郑县，都没有找到关系，只买好了望远镜、指南针、夜光表、大手电筒等急需品，背着一同来。不料，在距我们 30 多里的地方（离济源城 20 多里）被敌人逮捕，党同志也在极惨的拷打虐害后牺牲。

虽然上级的领导和外面的接济无望，但我们决定继续开展军事行动，先后击退了敌人的两次进攻，把敌人赶到离城十几里的村中去，济源城西门从此紧闭，东西40里成为我们的驻防地带，周围百余里都纳入了我们的势力范围，苏维埃区域的雏形形成了。

当时，岭西河豪绅地主所领导的武装势力——三义场枪会被国民党县政府收买后，准备攻破我们的根据地。于是，我们领导所有纠察队及岭西倾向我们的红枪会、黄枪会的弟兄们，迅速将其扑灭，当场杀死敌人总队队长一人、"老师"两人，烧毁了敌根据地的房屋数座，而我军仅有两人微伤。这一场恶战使游击队声震远近，于是又在岭西河成立了第二中队。

岭西战斗胜利之后，统治阶级积极布置起更大的"围剿"行动来。他们调来了2个连的白军（1个连守城，1个连出击）和沁阳、孟县的反动民团，动员了数县的富农武装，同时以王屋一带的民团为敢死队，共计1000多人，均配备了新式步枪，弹药充足，对我们实施了大包围。而我们还只有5支步枪（其中一支不管用）、5支手枪（发动时仅30颗子弹，直至最后退却每支还剩十余粒），约50人。

在这样艰苦的条件下，我们的队员英勇作战，利用地形优势和4支枪守住5个山口，和敌人激战了三个昼夜。后来，山西的孙军和地方团部也严密包围上来，敌人又加上了一倍生力军。我们原拟当晚放弃大寨冲出重围到南山去，不料最高的一个山口（那里没有枪，只有礌石）被敌人攻占，第一队被截断，只能仓促后退。大寨因此失守，寨上的现洋

200 余元，尽归敌人所有。

全体队员凭借对地理的熟悉，安全地退出了敌人的重围（只有苗同志一人，因跌伤被敌人捉住被害）。退到一处的队友，每人尚可分得 1 块钱。我们决定把枪埋起暂时解散（后来过了很久才被敌人搜走），有关人员分散隐蔽，以期待机再起。

宛西起义记忆

张明河

1933 年秋，抗日同盟军失败后，原在该部做地下工作的部分共产党员，失掉了与党组织的联系。加上此时北平地下党组织也遭到严重破坏。于是，我和其他一些失掉联系的同志于 1934 年初陆续回到家乡河南省的南阳（简称"宛"）。

回到南阳后，大家继续开展党的工作。王正朔等同志到南召、唐河、禹县、许昌等县开展党的工作；曹云阁等同志在南阳开展党的工作；我和王正金（王黎生）等同志到宛西的内乡（包括现在的西峡县）、镇平、淅川、邓县开展党的工作。我们的主要任务是：发展党员，掌握武装，组织发动武装暴动。

1934 年 11 月初，因薛耀堂、符天良等叛徒告密，致使西峡暴动未及发动即宣告失败，敌人随即进行了残酷镇压，还到处逮捕我地下党员，致使不少同志遇难。原来的隐蔽地点大多遭到破坏，仅剩下3处可用：内乡城里张玄烈家、李春元家和郭营郭国栋家，迅速发展新的联络点和隐蔽据点成为当务之急。

为了在南阳城里增设秘密联络点，我们与党员杜耀亭商议，让其儿子杜廷瑞（共产党员）弃学到南阳东门里开了一间大东书店。从我们的筹款中拨出一部分给他做股金，书店前边卖书，后边是我们的秘密联络点。在南阳等地开展党的工作的内乡籍学生王正金、王正朔在南阳东关租赁的房子，也成为我们来往同志的落脚点和接头处。这时，我们迫切需要物色新的对象，继续打入地方民团，恢复兵运工作。

1935年，王正朔领来了刚刚出狱不便在本县活动的南召党员张景昉。我们利用他与民团团长薛钟村在西北军时结拜弟兄的关系，让张去西峡做兵运工作，恢复民团内的秘密联系，并发展党员。张到西峡后化名张蕴略，在姜宗仁同志的单线领导下，以在县立回车第十二高小当老师为掩护，打入了薛钟村团做了副团长，为党做了不少工作。

1935年6月16日，红二十五军远程奔袭了豫鄂陕边重镇——荆紫关。为了能在红军解放荆紫关时与党取得联系，我们派李春元同志带着医生王延寿到荆紫关开了一家西药房，利用合法身份购进了大量治疗外伤的药物，以备作战时使用，同时还开了一个自行车修理铺。

经过两年的苦心经营，我们在宛西五县（包括南阳）共建立秘密联络点十余处，大大方便了党和武装便衣队的秘密活动。同时，我们组织了一支精干的武装便衣队（即车子队），由吴怀三同志任支部书记兼队长，带领队员机动灵活地打击敌人。

1936年春末的一天，我和吴怀三带领8名便衣队队员，从内乡出发，于黄昏时分到了九重堰。邓其林、刘万顺按照预定计划分布在区公所周围，我和吴怀三大摇大摆来到区公所。我告诉门岗，我们是内乡张家来拜望陈区长的。陈约生在里边听见，忙出来迎接。

这时，只听外边几声枪响，门岗被干掉了，我们的人跟着就往院里冲。陈约生一看不好，"啊"的一声就去抓枪。吴怀三手疾眼快，两枪先打死了他的护兵，接着击毙了陈约生，我顺手把他的枪也拿了过来。

这里的人还没醒开劲，就被我们把枪给下了。区丁中的地下党员也跟着喊："我们缴枪！"我们一边收缴枪支，一边把区丁集中到一起，由邓其林向他们讲话，宣传我党的主张。然后，迅速撤出区公所。

这次奇袭，从枪响到撤出，总共不到3个小时就胜利地完成了任务，共缴获长短枪20余支。

当晚，队伍撤到九重堰，先向厚坡西北方向走了三四公里，然后转往内乡瓦亭方向走了十几里路隐蔽宿营。第二天午饭后，吴怀三引来土匪头子朱建波（外号"拱架子"）和我见面。

朱建波见我就跷起大拇指说："佩服！佩服！我见过你

们的大队伍（指红四方面军），不奸不杀。兄弟也有几个人，想跟你们一起干，愿听吴大哥调遣，吴大哥叫干啥就干啥，不叫干啥不干啥。"

他说了后，我看了一下吴怀三，吴怀三点点头，表示可以。接着我对朱建波说："拱架子，我们有纪律约束啊，你受得了吗？"

他说："请先生放心。"

我们一看他愿意听从指挥，遵守纪律，就答应收下了。

我们的骨干队伍仅有二三十人，邓其林在那里做了好长时间的工作也只有 30 多人，而拱架子就有 100 多人，收下他后我们的力量就比较强大了。

智取九重堰，打死敌区长，震动了宛西的反动统治者。他们于 3 月底，派遣在邓县剿匪的河南省保安二团姜吟冰部到邓西"清剿"。刚开始的时候，敌军小心翼翼，集体行动，挨村搜索，抢劫财物，扰害百姓。由于到处扑空，根本找不到便衣队的踪迹，便逐渐麻痹、胆大起来，营、连开始分散活动。

吴怀三见歼敌时机已到，迅速聚集全部武装力量，埋伏在敌人反复搜索过的一个村里，并严密封锁了消息。当姜吟冰亲率一个营大摇大摆、毫无戒备地进村时，我方 100 多人的暴动队伍，从村前村后、屋内院中出其不意地冲杀出来，一阵短兵相接的激烈搏斗，当场打死敌人 100 多人，余敌大部分弃枪而逃。

这场伏击战，我们缴获步枪近 200 支、轻机枪 1 挺，还有大批弹药。暴动队伍声威远扬，队伍迅速壮大，很快就发展成为拥有 2000 余人、上千条枪的庞大队伍。

队伍壮大后，部队决定先在豫鄂交界处打游击，筹备粮饷。此时，王成堂提出，九重堰南边张楼恶霸地主张风展和他的保长儿子张荣亮，拥有 30 多支枪，成立了局子盘踞张楼，横行乡里，为非作歹，群众恨之入骨。他请求打张楼，消灭张家父子为民除害，吴怀三当即表示同意。

1936 年 9 月 1 日，王成堂第一次率众攻打张楼未克。后王成堂利用张楼局子内的一个头目（张可选）同张风展父子的矛盾，暗中将张可选拉了过来。11 月 7 日前后，王成堂派其部下周五金潜入张楼内，向张可选传达了里应外合破张楼的计划，并议定立即动手。周返回汇报后，又进入寨内与张可选配合。

半夜时分，张可选、周五金潜入张风展的院内，先后击毙张荣亮和张风展，打开了寨门。寨内枪声一响，埋伏在寨外的队伍发起了总攻，队伍一拥而进。经过短时战斗，将敌人全部歼灭，缴获了全部枪弹和大批粮食。

邓西暴动的一连串胜利，使反动势力大为紧张。国民党急调驻防湖北的王牌军第九十五师李铁军部前来"围剿"，省保安三团和二团余部及镇平、内乡、淅川、湖北均县等民团，也气势汹汹地沿路堵截。

1936 年 11 月 10 日，正当我部远离经常活动的地区，到达邓县东南的秋树李村，刚吃过午饭准备出发时，被敌九十五师和保安三团围住。他们架起迫击炮、机关枪猛烈进攻，我们据寨坚守，打退了敌人多次进攻。太阳快落山时，向外突围未果，晚饭后，才凭借夜色掩护从南门突出。这次战斗，我部伤700余人，损失了200余支枪。

部队突出秋树李后，兵分两路：一路由吴怀三率领沿原路返回九重堰；一路由邓其林率领向邓县东北进发，在薛营又遭到南阳保安团和镇平民团的堵截，遂又绕道邓北转回邓西。

部队在九重堰一带会合后，立即向丹江行进。不料敌人已扣留船只，封锁江面，几经周折，最后才从官店与李官桥之间的高岗偷渡了丹江，到达淅川的上寺。此时，我部已减员到六七百人。

次日清晨，尾随而来的九十五师和淅川民团、内乡的曹功甫团，又将我部团团包围。我部与敌激战一整天，打退了敌人7次进攻。战至夜晚，敌人仍不后退，与我对峙，双方伤亡都很惨重。

深夜时分，我们选择敌人力量薄弱的西侧为突破口，冲出了重围，撤到了石佛观。这时，原系土匪武装的人已基本逃离，我部实力受到严重削弱。连续的行军作战，使部队十分疲劳，我们就在石佛观休整了两天。

第三天，敌人又跟踪了上来，我们则主动撤退。自此以后，我军紧走，敌军紧追，这样连续周旋了五六天，一直摆脱不掉尾追之敌。

当部队进入湖北省均县的沙陀营时,已处于弹尽粮绝的境地。吴怀三等人考虑:再拖下去就有全军覆没的危险,决定部队暂时化整为零;凡能带枪回家的,都带枪回家隐蔽;不能回家的,可分散隐蔽;原便衣队队员一律回原隐蔽点埋伏。

至此,我党领导的在邓西暴动中成长起来的革命武装受挫解体。

博兴起义

马千里

1932 年 3 月，博兴第一届县委成立，张仿任书记，王延津负责组织工作，我负责军事工作。那时党员有四五十人，其中有县师范讲习所所长王汉儒，县立第一小学的校长蔡秉虔和教师冯仙洲，以及县师范讲习所的学生李汝瀛等人。

县委建立以后，主要任务是积极发展党员，建立党的基层组织。经过努力，共建立了 27 个支部、69 个小组，有200 多个党员，分布在城关镇、兴福、汾王等村镇。在此期间，博兴各级党组织还建立了互济会、农民协会、雇农会等外围组织，发动和领导了县师范讲习所的学生罢课斗争和农民的抗捐抗粮斗争，取得了不同程度的胜利，锻炼了广大群众。

为了掌握武装，党组织派我到四区兴福镇工作，通过关系打入联庄会当教练，并担任那里的党支部书记。从此以后，我积极在下级军官和士兵中开展工作，宣传革命道理，发展党员，建立互济会。到1932年春，我们已经掌握四区联庄会的100多支枪和骑兵队。

与此同时，党组织还注意开展统战工作。那时，国民党博兴县党部3个常委里面有2个共产党员，一个是王汉儒，一个是蔡秉虔。另一个常委是县教育局局长晋吉清，他是互济会会员。国民党博兴县县长张玉良是回族人，比较年轻，聪明干练。王溥泉等和他谈话，他也倾向、同情我们。博兴二区区长崔周基和张玉良带来的县政府办公员王若之，也先后成了我党的同情者。

1932年3月，博兴县委按照山东省委的指示，积极准备发动游击战争。7月，省委派军委书记张鸿礼到博兴来领导游击战争。8月3日，县委在汾王庄开会，讨论发动暴动问题。

当时我认为时机还不成熟，力量还不够，应好好地计划，譬如暴动以后往哪个方向走？胜利了到哪里去？失败了又转到哪里？在这些问题没有很好地研究和计划以前，是不能轻率发动的。

可是，张鸿礼说这是省委的决定，要配合中央苏区的反"围剿"。于是，会议最终决定8月4日在兴福镇举行暴动。

8月4日，按照暴动计划，我们每个人的手臂上都缠着白毛巾作为标记。由于四区联庄会有3个班是我们掌握的，因此暴动开始后，我们首先缴了联庄会的全部枪支，然后打开后门，往民团中队那里去。

门岗问我们是干什么的，我们答复说："是游动哨，来游动的。"趁他不注意的时候，把他的枪缴了，一下子拥进院子里。

我进到中队长郭子风的屋里，他还在睡觉。看到他的枪挂在床头上，我一把就抓了过来。

他惊醒了，喊："你要干什么？"

"干什么？缴你的枪！"说完，我朝他腿上打了一枪，他不动弹了。

由于民团团丁大部分是博兴人，我对他们讲："我们是革命军，你们愿意干的跟着干，不愿意干的可以回家。"我这一说，有十几个人跟着我们干，其他人都回家了。

就这样，不到两个小时，就把联庄会和民团的武装全都拿过来了，把区公所的文件也全部缴获，有些参加暴动的农民也扛上了枪。接着，在博兴镇召开大会，宣布武装暴动，并到处贴标语、搞宣传，大造声势，扩大影响。

而后，我们离开了兴福镇，到东北方向的店子村去。店子村属于五区，那里驻着五区联庄会，联庄会的一个班长叫刘西元，是我们的人。我们到了店子，他把全班的枪带了过来，还把其他班的枪缴下一部分。

又出发打下利城以后，我们把地主的粮食分给穷人，把文契拿出来烧了。随后我们把暴动队伍拉到小清河北的屯田村（这里属于六区，也是一个封建堡垒）。在屯田，我们向恶霸地主开刀，打开他们的粮仓分粮食，又到了龙注河缴了联庄会的枪，在该村我们进行了一些宣传工作。

后来暴动队伍又到了小清河刘家圈、董官庄、广饶的十里铺。农民群众自动在辛（店）广（饶）公路两旁贴上许多标语，什么"天明了，我们的日子好过了"等。群众主动给我们送咸菜，送鸡蛋，还给我们做饭，热烈欢迎我们，情绪极为高涨。

我们在十里铺的时候，发现辛广公路上来了两辆汽车，便埋伏在公路两旁。等汽车开近了，打一排子弹，把两辆汽车截停。原来是国民党解款的汽车，车上有一部分银圆，还有20多个武装押解人员。

我们把银圆和枪支缴了，就对他们说："我们是鲁东工农革命军，是共产党，你们是普通职工，不伤害你们，你们开车走好了。"

这时候，我们得到情报：韩复榘调兵来镇压我们。

当工农革命军拉到临淄以后，暴动领导人之间对队伍的去向问题产生了分歧：有的主张拉到铁路南，到山区打游击；有的主张拉到垦利北洼去，到那里把枪插了，等待时机，国民党军队来了就种地，他们走了就拿起枪打游击。

尤其严重的是，省委军委书记张鸿礼开始时在"左"倾思想的指导下，不顾客观条件，强令县委发动暴动。但暴动真的发动起来了，听到敌人"进剿"的消息时，又惊慌失措，临危退却，宣布插枪解散，并且率先逃跑，当了可耻的逃兵。后来，他当了叛徒，被省委开除党籍，在抗日战争后期被我们处死。

益都起义[*]

彭瑞林

　　1928 年上半年，由于杜华梓、王福增等叛变，益都地区的党组织遭到破坏，从 1929 年下半年到 1930 年上半年，益都没有了县委和区委的领导机构，只在个别地区、个别单位存在着个别支部和个别党员的活动。1932 年 5 月，益都县委恢复，段亦民任县委书记，郑云岫（郑心亭）任宣传部部长，王济生任组织部部长。

　　县委恢复后，革命活动出现了一个新局面：建立起各种外围群众组织，如互济会、赤卫队、贫农团、左联、反帝大同盟等；发展了数百名党团员，建立了各级党团领导机构；学生运动也更为活跃，由校内发展到校外，深入到了工、农、兵群众中。

　　我于 1930 年下半年考入益都第十中学，由王济生介绍，

---

　*　本文原标题为《益都武装起义追忆》，收录时做了适当修改。

任第十中学外围组织的负责人。1931 年春节后，团省委巡视员魏钦五、张得放发展我为团员，并叫我在十中建立团组织，我任团支部书记，后又担任益都城区团委书记。九一八事变前，我由段亦民、郑云岫两同志介绍加入了中国共产党，任第十中学党支部书记及城区区委书记。

随着革命形势的迅速发展，省委认为益都及山东其他几个地区发动武装起义的时机已经成熟，要求益都县委在 1932 年春夏之间青纱帐起来的时候举行暴动，密切配合红军取得第四次反"围剿"的胜利。

省委安排的山东各地武装暴动的顺序是：博兴、益都、日照、沂水、坊子、海（阳）莱（阳）边区、泰（安）莱（芜）边区。并要求益都县委的工作应立即以准备起义为中心，所有的党员要全力以赴。

1932 年 5 月间，益都县委在南门里路东的高兰亭家北屋里召开会议。在讨论中，县委的同志对举行益都起义提出了许多意见：

1. 益都新发展的力量还很薄弱，没有枪支；

2. 时间太仓促；

3. 兵运工作刚刚开始，还需要进一步在警备队、民团里做工作；

4. 武装暴动不是简单的事情，缺乏有经验的军事指挥人员；

5. 起义以后，队伍往何处拉。

对于大家的意见，张鸿礼说这是"北方落后论"，要克服"北方落后论"。他说："南方条件也不怎么样，南方就是解决了个领导问题，就是主观努力。"

他认为我们提出的这些问题都是可以克服的，不是主要问题，主要问题是我们思想右倾。最后，他答应省委派军事干部来统一指挥这次行动，并同意把当时在广饶的省委巡视员——耿贞元，调到益都协助工作。

但是，这次会议对于如何举行武装暴动没有做出应有的具体安排。

1932 年 7 月初，益都县委在城东关十字路口北一区的区公所西屋再次召开会议。参加人员有段亦民、郑云岫、耿贞元、冀虎臣、高兰亭、泮有年、陈华亭和我，还有两位我不认识的同志，连张鸿礼共 11 个人，会议由省委军委的张鸿礼主持。

张鸿礼讲："省委已经决定：先在博兴举行暴动，紧接着在益都举行暴动，接下去是日照暴动。为配合地区暴动，益都暴动准备工作要抓紧进行，一定要在 8 月间青纱帐起来的时候行动。"

张鸿礼讲得很严肃，时间又是这么紧迫，大家心情都比较紧张，一时讲不出话来，会议出现了冷场。

沉默了一会儿，段亦民说："我们已经做了一些暴动准备工作，但准备得还很差，最大的问题是我们不懂军事，缺少军事干部。这次暴动能不能取得胜利，还得看军事指挥问题怎么解决。"段亦民还讲了其他一些问题，流露了信心不足的情绪。

段亦民一说完，张鸿礼就指着他声色俱厉地说："准备不足，责任就在你！你怕死！你是孬种！"段亦民不服，两人就争执起来。

段亦民说："能拿鸡蛋碰石头，不能拿人家的性命开玩笑。"又指着张鸿礼说："你能行，你来领导指挥，我一定协助。你说我怕死，我绝不怕死，咱们怎么搞都行，我绝不装熊，不是孬种。"

张鸿礼大发雷霆，一拍桌子说："你这是右倾，我撤你的职，开除你党籍。"

段亦民气得脸发青，手发抖，说："你不要撤职、开除，我不干好了。"一气之下，站起来就走了。

段亦民一走，会议就中断了，大家议论纷纷。最后，张鸿礼说："行动一定要按省委指示进行，要执行铁的纪律，我代表省委正式宣布，撤销段亦民县委书记职务，由郑云岫担任县委书记并兼任暴动总指挥；冀虎臣任东乡暴动指挥，耿贞元协助；高兰亭任城区指挥，彭澎兴（我当时的名字）协助。"

张鸿礼在会上宣布我参加县委，接任县委组织部部长职务；同时，他又一次答应把曹金言调回益都，还保证派一个有军事经验的干部来指挥，还透露要去博兴领导武装暴动。

散会以后，我和郑云岫去看段亦民，段亦民表示他决不变心，要继续革命到底。参加会议的同志虽然对张鸿礼的粗暴作风有意见，一些人也同意段亦民的看法，但又认为这是省委的指示，不成也得干。

会后，大家都行动起来。耿贞元随泮有年、冀虎臣到圣水村，领导东乡农运及郑母暴动的准备工作；我和牛玉昌跟城区几个街道支部、四师支部、师范讲习所和第十中学支部打了招呼，叫他们做好准备工作。耿贞元、冀虎臣等到了东乡后，在那里积极进行暴动的准备工作，在东乡的郑母、老鸦窝等十几个村子里成立了贫农团、赤卫队。

1932年8月初，张鸿礼来益都找到我，对我说："我这几天很疲劳，要好好睡一觉，不要告诉任何人。"他在我处住了两天以后，又转移到松林院街的吴广备家住了两天。

四五天后，他说要走，但没有路费。我和吴广备凑了4元钱，给他做去济南的路费。他没有向我们吐露有关博兴暴动失败的一个字，也没有嘱咐我们益都暴动应注意些什么，以便接受教训，减少损失。

1932年8月18日，暴动爆发了。冀虎臣等同志在郑母打死区公所一个助理员，缴了区公所的20多支枪。这时，王济生和我在还城里等省委派军事干部，没能及时参加行动。

郑母暴动后，国民党县政府立即关闭了益都城门，全城戒严。同时，派展书堂师的1个营和警备队一部，由县长杨九五、县党部常委赵若谦率领去东乡镇压。

我在城内听到情况以后，立即去东门找郑云岫问情况。这时，东门已经关闭，敌人正在城门边搜查进出的人。我急忙转身到了县民团驻地——太公庙，见到了民团党支部书记高兰亭和李品一。

他们告诉我，国民党县政府已发通令，要在城内抓共产党员，情况十分紧急，要我赶快走，还把我从营房后院矮墙送出，高兰亭也随我一起出走了。我既未回家，也未回学校，而是随着赶集的人群混出西门，立即转到益都火车站附近的夏家庄关帝庙小学。这里有个教员叫王彭阁，是互济会会员，放假回家了。我认识庙里的道士，就住在王彭阁的寝室里，暂作隐蔽。

我在关帝庙小学隐蔽后，设法找到了我的妹妹，叫她告诉金明到火车站与我接头。第二天一早，金明就来到关帝庙小学。我问明城里情况以后，把几个可能未暴露的关系告诉了他，叫他去接头联系，还告诉了他省里来人时的联络标记和暗号，并叫他到我家取出存放的一包袱秘密文件、书籍等。

8月25日左右，马兰村代表省委，来到关帝庙小学找到我。我把益都暴动遭到失败的情况详细向他做了汇报，并把我所知道的未暴露的关系介绍给他，叫他先去和金明联系，然后再找其他关系。与马兰村接头后，我根据上级指示，离开益都，调往济南。

当时去东乡镇压暴动的敌人，在那里打死和抓去了一批群众，并抓住了耿贞元、冀龙光、泮有年等二三十位同志。后来又在东关抓住了郑云岫，在城里抓住了牛玉昌，继而又在金岭镇逮捕了段亦民、汤佩琛。在城里被捕的一大批人中，有太公庙民团的地下党员李品一、李殿龙、乙洪志、方云祥、哈致和、赵殿臣等人。

益都暴动，是在不顾当时的主、客观条件，单纯强调克服所谓"北方落后论"的"左"倾思想指导下进行的，结果遭到了惨痛的失败，丧失了一些组织，牺牲了许多同志，教训极其深刻。

忆苍山起义

胡维鲁　杨冠五　王士一　赵春景

1933 年春，临郯县委书记刘之言、县委军事部部长郭云舫，在尚岩小学召开了临、郯、邳代表会议。到会十余人，研究确定以苍山为中心举行农民暴动，时间原定于 7 月 10 日。

7 月 2 日，我党的一名交通员被捕，形势十分危急。县委临时决定：将暴动日期提前到 7 月 6 日。

7 月 6 日吃早饭的时候，刘之言和刘文漪、杨冠五（苍山人，暴动领导人之一）等便集合了苍山东部参加暴动的 30 多人，携枪到达苍山。他们首先占领了苍山大圩子地主刘翔臣的大院，设立了司令部。大门上贴着用红纸书写的"中国工农红军鲁南游击总队司令部"的条幅，然后到苍山顶上竖起两杆大红旗。刘之言站在山头上鸣枪三响，发出暴动信号，刘文漪吹起暴动号。

暴动后，郭云舫、田杰、姜保恩等人分别到恶霸地主家搞到 3 支长枪、2 支短枪和几支土枪，然后在苍山土围子西头广场召开大会，刘之言当即宣布了恶霸地主刘三父子依仗七虎（刘三兄弟七人）横行乡里、对抗中国工农红军和苏维埃政府等罪恶，并予以镇压。他讲述了苏维埃政府的政策，声明地主要自食其力，给生活出路；号召穷人参加革命，自己解放自己；同时宣布没收地主的粮食归农民所有，开仓放粮。这一举动使暴动队伍迅速扩大，当天就达 200 余人，步枪 130 余支。

革命旗帜的举起引起反动势力的极端仇视。在暴动第二天，地主武装就向暴动队伍发起进攻。因为游击队早有准备，所以很快就把这股地主武装打得抱头鼠窜。第三天，经过一天的激战，再次粉碎了反动民团 900 余人的进攻，并缴获了 3 支长枪。

随着暴动声势的扩大，革命与反革命的抗争也更加激烈。地主刘七乘隙跑到临沂，向国民党军第八十一师师长展书堂报告。展书堂派唐邦植率一旅之敌攻打苍山。

7 月 9 日晨，刘之言、郭云舫急忙组织反击。由于暴动队伍缺乏军事经验，被敌人控制了苍山周围的各个制高点。敌人用机枪掩护步兵进攻，1 个连企图从东面打入围内，但几次冲锋都被暴动用土枪打退，不少敌兵被打伤。

这时，敌人调集大炮，炸开了围墙，部分敌人在机枪掩护下冲了进来。刘文漪率领部队与敌人展开肉搏战，英勇冲杀，又把敌人推出去。

正在这时，西南角的炮楼被大炮击中，炮楼上的十余同志都牺牲了。郭云舫被砸到炮楼底下，幸亏有楼梁支着，没有砸到要害。刘之言、杨冠五一齐来到炮楼下，组织抢救。

为防止敌人冲上来，刘之言站到一个半截围墙上观察，不料一颗炮弹落在身边，刘之言负重伤。队员张星冲上前去，把刘之言背下来。

杨冠五觉得情况非常严重，决定立即兵分两部突围：一部继续抢救郭云舫之后向北门突围，杨带一部保护刘之言向西门突围。

不久，郭云舫从废墟里被救出来，随队伍向北门冲去。大家在路上发现刘文漪已牺牲，心如刀绞，把刘的尸体移放在一堆草垛后，后来被埋伏的敌人搜去。

刘之言、田英、田杰、杨冠五、张星等突围出来后，还未休息敌人又追了上来。刘之言说："西北过不去，咱就往南，然后转路去山里。"接着又少气无力地说："为了防备万一，我们的人可分成三个组，这样机动灵活，发生问题进退都方便。"

杨冠五按照刘之言的意见，迅速做出部署：田英带 3 个人在前，刘之言、杨冠五等十余人居中，田杰带 8 个人在后，3 个组相隔 150 米至 200 米，发现敌情以学羊叫相互通报。

队伍继续前进，刘之言看到突围的战士都非常疲劳，本想安慰大家，但口渴得要命，几次都没说出话来，反而一下子休克了，杨冠五、田英赶忙组织抢救。刘之言醒过来之后，不让背他走，杨冠五等人只好扶他慢慢向前走。

刘之言吃力地说："冠五同志，我是不行了，不要因为我连累大家。告诉活下去的同志，要继续前进，为穷苦群众打天下，告诉我们的党，一定要接受教训。"

正说着，突然传来"羊"叫声，原来后面的一组被巡逻的地主武装发现了。为了掩护前面的人，田杰开始阻击。

当时，地主武装距离刘之言二三百米，情况十分危急。张星跑到刘之言面前，杨冠五说："一人背一人抬！"

刘之言一面吃力地走着，一面说："你们快走！不要管我！"

杨冠五还要劝说，刘之言说："这是命令！我已经不行了，谁要是为我贻误军机，使大家受损失，谁就是犯罪。"

这时，敌人越来越近，刘之言突然跳起来以惊人的毅力跑起来，跑了几百米后，高声喊道："共产党在这里！共产党在这里……！"把敌人引过去后，他壮烈牺牲，其他同志得以突围脱险。

当夜，杨冠五、田英、田杰等人带领一部分暴动队队员，穿过公路，越过洳河，进入皇路一带，因敌众我寡，队伍被迫疏散，各自隐蔽行动。

胶东起义[*]

王　亮

1935 年夏末秋初，正在胶东各地秘密进行武装起义准备工作的时候，我为寻找党组织，从东北南满地区的一支农民义勇军队伍回到家乡——文登县。回来后，我先找到要好的朋友王士仁，同他谈了东北人民的抗日斗争情况，请他和我一起寻找党组织，并约他回南满参加武装斗争。

一个风雨交加的夜晚，吃过饭不大工夫，王士仁来到我的住处，说要到泊石村开会，顺便领我跟组织接关系。我当时高兴得不得了，急忙披上蓑衣，戴上草帽，就跟着他走了。

泊石村在文登县城的南面，距县城十多里地。进了村，我们来到一个小店，这里是我党的地下联络站。小店北屋 3 间，西间是店主老毕自家住的。我和王士仁进屋里时，见坐

<small>* 本文原标题为《回忆胶东起义》，收录时做了适当修改。</small>

着 4 个人。

王士仁道:"这是我的朋友,叫王亮,从东北义勇军回来找党组织的。"

他的话音未落,坐在炕里边的一个眉目清秀、面皮白净、年纪三十左右的英俊青年,眉头一锁,脸色一沉,批评王士仁不该不打招呼就把不熟悉的人领来。后来才知道,这位青年就是中共胶东特委书记张连珠(代号珠子),公开身份是小学教员。其余三人,是文登县委书记王台、宣传部部长王明光和特委的张修己。

由于这天晚上是领导人的秘密会议,我不便在场,王士仁就把我领到对面屋子里。会议结束后,王士仁把我叫过去,让我汇报东北的斗争情况,说明回来的目的和任务。

张连珠同志听完后,亲切地说:"老王,你是义勇军,有斗争经验,回来我们十分欢迎你。"

交谈中,我觉得张连珠政治上很成熟,待人热情,讲话直爽,给我留下了深刻的印象。

这时,王士仁提出想和我一起回南满参加武装斗争。张连珠考虑了一阵之后,直截了当地说:"这个要求组织上不能同意。到东北当然是革命。不过,胶东广大农民弟兄同样处在水深火热之中,在当地工作也是革命。"

王士仁被张连珠说服了,他坚定地表示:"我不去啦!王亮,你也别回去了,在家乡干吧!"张修己等人也一齐劝我不要回去,我也被说服了,决定留下来,并且把当地党组织的意见和个人想法写信告诉了东北的同志。

第二天，从文登城回家的路上，遇上一群国民党大兵用一根绳子连绑着 6 个农民，后面又来了几个中老年妇女，有的领着孩子，有的拄着棍子，哭喊着追赶上来。原来，这些贫苦农民是因为交不起土地附加税，被反动县长刘崇武派兵抓去的。

这时，我想起了在群众中流传的那首"从来未闻粪有税，至今就剩屁无捐"的歌谣，想起当年自己因交不上祖辈欠下地主的债被逼下关东的情景，留下来参加革命斗争的决心更大了。从此，我便在当地党组织的领导下，投入暴动的准备工作。

我的任务是设法制造炸弹、手榴弹。可是制造炸弹和手榴弹不是件容易的事。那时，一没有技术，二没有设备，不但没有制造过，有的同志连见也未见过。可是，党把任务交给了我，不管有多大的困难，也要千方百计完成啊！

于是，我就和几个同志一起琢磨，三琢磨两琢磨，想出了土办法。就是找一口破锅，搞一点硝磺，把铁锅砸碎，把铁渣子和硝磺掺和在一起，放在两个对扣着的饭碗里；外面用丝线、麻皮捆绑起来，刷上一层胶；把它晾干了，然后在山沟里试验。猛地扔出去，紧接着"轰隆"一声爆炸了，将地面炸了个大坑，大家都高兴得跳了起来。

试验成功后，就发动群众筹集材料，这家献锅，那家捐碗，可就是硝磺不好办。当时，硝磺这东西，官府控制得很严，没有硝磺局的证明，别想买出来，弄不好还要被抓被杀。可是，暴动时间一天靠近一天，我只好冒着生命危险，进城弄证明。

这天，正逢县城赶集，我穿一件破烂夹袄，一双"猪皮绑"，背着一条麻袋，夹杂在人群中进了城。

我先到一家药店里找着以前熟悉的老店员毕东泉先生，在他的帮助下，又与党的内线人员接上了关系。几经周折，弄到证明，买回了硝磺，总算解决了问题。

1935 年 11 月下旬，胶东特委在文登县沟于家召开会议，决定举行武装暴动，并成立了暴动指挥部，确定了暴动的行动部署。暴动分东西两路行动：东路是文（登）荣（成）威（海），西路是海（阳）牟（平），指挥部由张连珠、程伦、曹云章、邹青言等人组成，总指挥是张连珠，副总指挥是程伦。

11 月 28 日拂晓，三大队按照暴动指挥部的部署，在大队长于得水同志的率领下，拿着仅有的 3 支枪向石岛出发了。

29 日早上，太阳刚刚爬上东山，我们第一、第二大队已经带上绣着镰刀斧头的红旗，来到宋村周围的村子，只等三大队胜利归来，分到武器，便举旗行动。

本来预计，三大队打下石岛后，上午即可赶到宋村。可是，直到下午 3 点多钟，还没有三大队的消息。直到太阳已经下山，三大队的刘松林才满头汗水地赶来，向张连珠汇报了三大队的行动情况。

原来，三大队从昨天一早出发，急匆匆赶了一天路，天黑后才到了石岛西北的石头山下。于得水按规定，派了一个姓张的队员，到前面不远处的一座小庙，去与事先派进石岛帮内线工作的老刘接头，才知道石岛的敌人已经发觉我们的意图，不仅增了兵、修了工事，而且破坏了我们的地下组织，十多位党员被捕杀。组织遭破坏，外面的同志对石岛的情况又不熟，三大队自然不能下手。

张连珠听完刘松林的汇报，指示我们仍按原来研究的意见行动。当时，我和丁树杰队只留下了十多个人，我们带领其他队员往西北方向奔去，准备第一步到文登、牟平交界地区驻下来等察明敌情后再做打算。刚活动了两天，队伍就扩大到70多人，并搞到50多条枪。

12月2日晚上，侦察员小张同志回来报告说，他在文登城北10公里的大产村碰上了张连珠、张修己、秦欣然等人，他们那支队伍人数很多，枪也不少。

3日早上，风更大了，并下起了大雪。我们迎着风雪，继续向北前进，来到名叫三庄的小村。这个村里有个江全德，是汪疃区区长杨玉州的狗腿子，他无恶不作，民愤极大，我们决定除掉这条地头蛇。结果，这个家伙不在，我们便在村里进行宣传。

这时，侦察员又来说，张连珠同志率领的队伍今天清早就到了底湾头村，地主恶霸都跑了，现在队员正在写标语、烧契约，分粮食给群众。他还带来了张连珠给我们的一封信，大意是：要提高警惕，不要在一个村久住，说他们已经发现文登城增了兵，决定下午向西转移。

12月3日12点多，我们正在吃饭，突然东面传来了激烈的枪声。我和丁树杰跑到村东的土冈上一看，只见底湾头那边浓烟弥漫，枪声震耳，无疑是张连珠率领的队伍遭到了敌人袭击。我们转身飞跑进村，集合起队伍，就向底湾头进发。

在底湾头的张连珠、张修己发现敌人后，立即发起反击，集中力量阻击敌人，迅速组织群众转移。正在这时，我们赶到了，张连珠、张修己立即和我们进行了简短的研究，决定由他们顶住东面的敌人，我们顶住南面的敌人，待群众撤出后，队伍再向村西北的山里转移。

下午2点多钟，村里的群众差不多都已安全转移，一部分队员也随着群众撤走了。我们正准备集中火力来一次猛打后撤走，丁树杰不幸中弹牺牲。这时，村北又发现大批敌人冲来，企图四面包围将我们歼灭，我们只好迅速向西北撤去。

行军七八里地后，我来到一座大山脚下，正好遇见张修己和秦欣然。三个人谁也不知道张连珠在哪里，大家十分焦急。由于底湾头和附近的村庄已被敌人占领，我们只得向前走了约5公里，投宿在西泊村王志福的家里。

王志福已经50多岁了，浑身是病，可他一听张连珠同志下落不明，执意要去打听消息，当夜就背起木匠箱子，冒着漫天大雪出门去了。第二天天黑的时候，王志福老人心情沉重地进了屋，嘴唇颤抖地说："珠子在队伍撤退的时候腿部受了伤，藏在一个破屋子里，被敌人搜出来押走了。"

敌人抓走了张连珠同志后，在底湾头好一顿折腾，房子烧了不少，还在周围的村子里抓了好几百人。张连珠被捕后受尽了折磨，但他坚贞不屈，最后英勇就义。

底湾头战斗打响后，于得水得知消息，也立即率领队伍前来支援，结果在潘格庄遭遇了敌人，损失惨重。

西路暴动于 11 月 28 日晚 6 点行动。海阳暴动队伍在原计划利用海阳三区民团的力量（民团分团长唐维兴为中共党员）没有成功之后，把集合起来的队伍连夜转移到海阳、牟平交界的南西屋村。暴动队伍到达南西屋村时，天已大亮，他们立即动手，把地主兼资本家的义来、永来、恒来三家的契约烧毁，把粮仓打开，除留下三大车给部队用外，其余全部分给贫苦百姓，还缴获了几支枪。

随后，队伍又拉到松椒村，与牟平暴动队伍会合后，决定到青山山区坚持游击战争。还没有出发，展书堂八十一师一部突然开到大河东村，与松椒村只有一河之隔。

敌人在河东岸架起机枪、迫击炮，猛烈地向松椒村射击。村里的暴动队队员一面还击，一面组织群众转移。然而附近村子里的地主武装配合敌军在王格庄、冷格庄等村与我分散的队伍交锋，暴动队伍受到了严重损失，有 150 多人陆续被捕，程伦等 20 多位同志惨遭国民党杀害。

胶东暴动失败的第二天晚上，我开始重新组织游击队。与此同时，于得水也在组织打游击，他在昆嵛山南的潘格庄与敌人遭遇后，带领队员转移到昆嵛山上。我在底湾头带领一部分队员突围后，来到昆嵛山北的西泊村。晚上在该村的王志福家中由我主持召开党员紧急会议，经研究决定，凡是参加胶东暴动暴露身份的党员都参加游击队，上昆嵛山打游击；没有暴露身份的党员，留在村里带领群众开展斗争。我带领这支游击队的一半，约 15 人上山，其余十多个人留在村里。

约半个月后，我与于得水带领的游击队会合了。两支武装力量平时各自分别在昆嵛山南北开展斗争，我在山北、于得水在山南。遇到重大活动就集中到一起，共同作战，多次打击敌人的"捕共队"，袭击敌人据点，还在离敌人重兵把守的重镇汪疃仅 3 公里的王庄，击毙了国民党的走狗江全德。

1937 年，胶东特委以昆嵛山两支游击队伍为重要力量，发动了 1937 年 12 月 24 日的天福山暴动和 1938 年 1 月 15 日的威海暴动。从此，两支队伍合并，一起参加组建了胶东抗日救国第三军，开始了新的斗争。

胶东起义忆往

于得水

1935年11月下旬，胶东特委在文登县沟于家天寿宫举行了一次关键性会议，讨论制订了胶东暴动的具体计划。

暴动分东西两路同时进行，东路由三个大队参加，我为第三大队大队长，刘振民为大队政委。任务是：在暴动的前一天，攻克石岛，因为石岛盐务局、保安队、商会等反动武装有三四百条枪、1万多发子弹；我们到石岛将他们缴械后，返回与其他两个大队会合，把缴获来的枪支弹药用来武装队伍，然后举行全面暴动。

11月28日清晨，我和张东（副大队长）带领金牙三子、丛老虎、小刘等人化了装，从文登的孔格庄先后出发，混过了沿途区公所、盐务局，在黄昏前赶到了槎山西头村，和提前在这里集合的20多人会合。这时，我们的队伍有50多人，但只有3支短枪和3颗子弹，其中有两颗还是坏的，其余全是土枪、红缨枪。

有人问："枪没有子弹能行吗？"

我说："枪弹在石岛敌人仓库里，我们这就去拿，敌人还知道我们的枪是空的吗？"

大家都笑了，情绪都很高，勇气很大。在槎山西头，我们又重整了队伍，确定了任务，趁着朦胧的夜色继续前进。当行至"蚧巴子窝"时，遇上了敌人的 5 个流动哨。

他们问："干什么的？"

我们答："做买卖的，去石岛办货！"

这时，我们思想上已有了准备。后面的就卧倒在一旁，我和金牙三子、丛老虎等人一跃跳上去，用枪指着他们喝道："举起手来！我们是共产党，不要怕，快把枪放下！……"

就这样缴了 5 支枪、300 多发子弹。接着把他们绑起来，交给后面的同志问口供。敌人老实交代说："石岛已经知道共产党要来，所以派我们放流动哨，你们要小心！……"

到了石岛南口子土地庙后，我们隐蔽了下来。殷学乾拍了三巴掌，接着听到土地庙里回了两下，一个影子从庙里闪了出来，正是先去石岛联系的刘振民。

他低声对我说："石岛的组织可能已被敌人破坏，我找了几处都没接上关系，详细情况了解不到。"

我一听，心里不觉一怔：难道计划真的被敌人发觉了？我们紧急召开会议，当即研究决定：队伍由张东和刘振民负责带到路西大山坡等候，我和丛老虎、殷学乾再进去侦察一下。

我们 3 个人一前一后向石岛南面的路摸去。到了十字路口，殷学乾和丛老虎就分头向东、北两个巷子走去，我隐蔽在墙后警戒和接应。此时，石岛街上没有一点灯火。一会儿，殷学乾气喘吁吁地回来说："进不去，街头到处都是哨兵。"

正在这时，石岛北荣成方向忽然响起了枪声。不久，丛老虎也退了回来。

情况万分危急，敌人显然是有了准备，进去是不可能了。我和刘振民、张东等几人研究决定：马上转移，向西袭击人和集的镇公所、鹊岛盐务局，再去下黄山区公所及宋村盐务局的枪，然后返回孔格庄和第一、第二大队会合。

为了不被敌人发现，我们决定分两路走。我和张东带着金牙三子、丛老虎、小刘、老马等 9 人走大路，其余队员由刘振民带领翻山越岭走小路，并约定了集合的时间、地点和信号。为了断绝敌人的耳目，还派了几个人去掐断电话线和破坏主要交通。

拂晓时分，我们到了人和集。这是个有几百户人家的大村镇，村中有一条东西大街，街上有一些小铺子，镇公所在街西头。

我们几个赶了一夜路，浑身上下都沾满了尘土，肩膀和裤腿都给霜打得湿漉漉的，鞋袜上满是泥巴，脸色焦黄，这副样子怎能靠上镇公所？我忽然想到一个办法，和大家说了之后，大家都高兴地同意了。

于是，我们分头混入人群里，一直向镇公所走去。一路上金牙三子和小刘装成打架的扭扯着，我就装成拉架的跟在他们后面，还有几位混在人群里看热闹。

镇公所的门岗赶来拦住喝问："干什么的?"

"我们来打官司。"

就在这一瞬间，我跳上去用枪抵住门岗，缴获了敌人的枪。这时，老马已在旁边，把门岗押了起来。我们几人跨过夹道，一转身进了敌人的住屋，3支枪对着正在吃早饭的20个镇丁和工作人员，大声喝道："举起手来，不准动!"

有几个镇丁吓得失手，碗筷当啷掉在地上，有的口里正咬着馍馍，不敢向下咽，都用迷惑而又恐惧的眼光打量着我们。

我大声喊道："一齐向后转，脸对墙!"

他们一个个站起来，举着手对着墙站好了。我们一面告诉他们："我们是共产党，是领导穷人翻身的，到这里来借武器，推翻旧政府……"一面很快地从两边枪架上取下枪支，每个人身上背了好几支。机灵的小刘还在里屋取出1支盒子枪和1条子弹带。大家忙把取来的子弹"哗啦! 哗啦!"地压上枪膛。

我们向敌人宣传过后，就转身出来，随手把他们锁在屋内。这时，外面的号声已响起来，竖在草垛上绣着镰刀、斧头的红旗迎风飘扬，刘振民带的队伍也与我们会合了。

"打倒日本帝国主义！反对租息和苛捐杂税！打土豪，分田地！推翻旧政府，建立新政权！……"的口号响彻云霄，整个街镇都震动了。

我们顾不得吃饭，就整理队伍乘胜奔向鹊岛盐务局，老百姓也跟着我们一同去了。赶到那里时，敌人已闻声逃跑，老百姓挑盐、拿东西，我们搜取了部分枪和子弹、大刀片等，还缴获了一匹枣红马。

接着奔向黄山区公所，敌人也已闻声逃跑。得此消息，我们改奔宋村盐务局，走到张家埠南时，远远地发现海岸上有几十个人从北向南走着。

我命令大家做好战斗准备，等到距离拉近时，我们就摆旗招呼："你们是干什么的？"

对方回答："是盐务局的。"

我们说："我们是文登县便衣队。"

待双方相距 100 米左右，我们就端着枪冲了上去，那帮家伙吓得直发抖，跪着缴枪。我们说："我们是共产党，不要怕，是为穷人服务的，你们不要再为官府做事，欺压穷人……"

向他们宣传之后，又给了他们一部分宣传品，其中有三个士兵要跟我们走。我告诉他们："以后到昆嵛山去找。"这样，三个士兵才回去了。

我们到了宋村镇东的汤村店子，路两旁的老百姓高呼："共产党万岁！"我们虽然已经走了两天一夜，行了 150 多公里路，没吃、没睡，脚底都磨起了泡，但大家情绪仍然很高，加上老百姓的鼓舞，更忘记了疲劳。我们赶到宋村后，盐务局的敌人也跑了，我们又搜到了几支枪、子弹和大刀片等，向原集合地孔格庄前进。

当我们来到孔格庄时，第一、第二大队的同志已经出发了。我们清点了武器，这时共有长短枪 56 支、子弹 2500 多发、大刀片 20 多把、刺刀 30 多把，还有一部分土枪。接着又整理了队伍，准备和第一、第二大队会合。

后来，一个队员来报告说："我们一个大队在文登县西北底湾头村和国民党军的八十一师打起来了！"得此情报，我们立即前去支援。当行至郭格庄一带时，遇到丛镜月率领的保安队及盐务局 300 多人的反动武装袭击。我们英勇战斗，和敌人进行了拼刺刀肉搏，敌我双方都有伤亡。由于敌众我寡，我们当即转移西上，到了昆嵛山西南张皮口山（我们的情报站）。

为镇压暴动，国民党山东省政府主席韩复榘任命展书堂为胶东"清乡"司令，调动八十一师和警备旅及当地反动武装，"清剿"文登、荣成、牟平、海阳等县和昆嵛山区。敌人到处烧、杀、抢、劫，群众景况惨不忍睹。

针对这种情况，我们在张皮口山召开会议，研究决定：一部分人下去分头找关系，搞情报；余下 30 多人，以昆嵛山为依托，恢复整顿党组织。

在敌人"围剿"的日子里，到处是一片白色恐怖，老百姓也遭了殃。敌人遇到吃的或钱就抢走，遇到嫌疑人就杀。特别是对做小买卖的老百姓，只要担子上有块红布，就抓去用铡刀铡死。如张皮口子里有 3 个卖鸡鸭的小贩，因为鸡笼子上挂了一块红布，敌人便以他们是共产党侦探的罪名，抓去用铡刀铡成几截。由于本村坏分子报告，一天拂晓，有 300 多名敌人包围了孔格庄，我们的同志同敌人进行了顽强的斗争，牺牲了十多个。

在艰苦的斗争中，同志们依然很乐观，大家唱着自编的歌曲坚持战斗：

> 大雪飘飘在天空，胶东正在闹暴动，
> 官府布置"清乡团"，军阀下令往前冲，
> 机枪扫、大炮轰，一般同志难过冬，
> 男和女，抓监去，还有枪下流血红，
> 失败就是成功之母，相信革命会成功！

敌人对我们越残酷，我们的仇恨越深，斗争性也越强。我们几十个人，分头插入敌后进行游击战争，敌人"剿山"，我们就到平原、去海岸线；敌人去平原、海岸线，我们就上山。就这样一面机动灵活地牵制着敌人、消灭敌人，一面开展宣传教育。经过艰苦的努力，有些关系也逐步联系上了。我们还办了个临时轮训班（在老蜂窝），一批十多个人参加。轮训班由刘振民负责，主要是读文件和教唱歌曲、

研究游击战等。

有一天，百余名敌人来"剿"老蜂窝，我们奋起反击。遍地枪声、石炮声，吓得敌人直往后退，我们也乘机转移了。

1936年2月，上级派理琪同志到胶东任特委书记，使我们的斗争方向更明确了，胶东革命出现了新局面。

玉田暴动

张明远

　　玉田县地处关内外咽喉要道，毗邻京、津、唐三大城市，曾为军阀混战必争之地。1920年至1925年，以帝国主义争夺在华利益为背景的军阀战争连年不断，特别是以冀东为主战场的直奉战争，使冀东各县人民遭受严重的灾难。当地人民对反动官府和土豪劣绅满腔仇恨，革命暴动的形势一触即发。

　　1927年9月初，中共北方局书记王荷波亲自来到玉田，向我们传达了八七会议精神和中共顺直省委关于在京东地区举行武装暴动、开展武装斗争的决定。

　　1930年6月，为了加强对暴动和农运工作的领导，省委派叶善枝为特派员到玉田，成立了京东特委，由叶善枝、杨春霖和我组成，叶善枝为书记。接着，在遵化的城子谷召开了玉田、遵化、丰润、蓟县四个县的农运代表会，成立了京东农民协会，杨春霖当选为会长。

会后，特委又召开了干部会议，对武装暴动的准备工作进行了检查和研究。在干部会议期间，玉田来人报告说，玉田反动当局已开始了对农会的镇压，警察所所长亲自带领武装警察和马快，以催交警捐为名，每日下乡骚扰、示威，捕去县、区农会干部七八人，扬言要把农会干部全部抓起来。

特委研究了这一情况后，认为暴动的条件与时机已经成熟，应尽快发动武装暴动，当即派我和解学海返回玉田，并授权我为总指挥，负责组织暴动。

我和解学海回玉田后，连夜召开县委紧急会议，决定立即举行武装暴动。会后向各村发出紧急通知，要求全体农会会员和自卫队队员携带武器，分别在城东行宫和城西三里屯一带集合。

10月17日晨发出通知后，仅一昼夜的时间，城东、城西集结了两万多人，其中持有枪支的自卫队200多人。我们还分别召开了农会各级干部会，传达贯彻县委紧急会议的决定，并向群众宣传说明这次行动的目的和要求。这时，城内的敌人非常恐慌，派代表找我们指挥部谈判，答应取消警捐，立即释放捕去的农会干部，并保证以后不下乡捕人等；但要求我们解散群众，停止反政府行动。我们对此置之不理，积极做攻城准备。

10月18日上午11点左右，攻城开始了。攻城队伍以配有步枪、手枪的自卫队为前锋，其他武装农民在后，分东西两路攻城。此时，城门紧闭，早有警察、保安队在城墙上巡逻。东路队伍首先用铁锤、斧头将城门锁链砸断，门闩脱落，队伍一拥而入。西路队伍受到城墙上警察的射击，自卫队一边还击，一边喊话，叫敌人放下武器，不要打农民，否则，打死一人，全家偿命。

双方正交战之时，东门已被攻破。在入城的自卫队策应下，西路也很快攻入城内，顺利占领了县公署、警察所、县议会和税务局等反动机关，解除了警察、保安队的全部武装，缴获长、短枪100多支。县长、警察所所长、土豪劣绅等反动分子全部逃藏了起来。

入城后，指挥部立即宣布戒严，派出岗哨，禁止城内外人员自由出入，并划分入城群众驻地，指令自卫队维持秩序，搜捕反革命分子。紧接着，在县公署附近的操场上召开了群众大会，宣告攻城胜利和即将施行的纲领，还有当前的紧急措施。

深夜，我和解学海带领自卫队搜索反革命分子时，将大土豪吴殿三击伤，又将另一土豪尚广清击毙。正当搜查和安排下一步行动计划时，杨春霖率领遵化北部1000多名武装农民前来支援，特委书记叶善枝也同时到达，给了我们极大鼓舞。

在农民暴动胜利面前，叶善枝反而害怕了。他当着群众的面，指责我们搜查和镇压反革命分子是"胡闹、蛮干"，怕敌军速来"围剿"，勒令我们立即撤出县城，解散队伍。

由于叶善枝的言行在部分群众和干部中造成思想混乱，

有些群众自动离去。在这种情况下，我们被迫向叶善枝提议：先撤至城北郭屯一带，待拂晓时召集群众大会，同时立即通知前来支援的遵化农民停止前进，已经来的一起到郭屯集合。叶善枝同意了这个意见。

我们到郭屯后，叶善枝召开了县委成员参加的特委扩大会议，讨论下一步行动计划。在会上，叶继续说什么"革命斗争是此起彼伏""玉田暴动起来了，奉军明天就可能开来一两个旅镇压，必须赶快解散群众，干部要潜伏起来，使敌人来了扑个空"。他还表示要马上回天津，请求省委发动唐山、开滦五矿罢工支援，热河还有党领导的 2000 余名骑兵，直隶南部有党领导的红枪会，也起来暴动响应。县委和指挥部的同志主张把有枪支的自卫队集中起来组织成农民军，打土豪劣绅，收缴反动武装，扩大农民军的运动；没有枪支的群众暂时回家，在本区本村配合农民军行动。叶善枝对此未置可否，随即连夜回天津。

郭屯会议之后，我们对新成立的农民军进行了整编，同时还收编了玉田北山的土匪数十人，接着开始打土豪劣绅。第一次战斗以玉田城东北雪庄子的吴殿三为目标（吴殿三被我们击伤逃匿后，其次子扬言要为父报仇，率民团 20 余人与农会为敌）。这次，我们率农民军前往，经过半天的战斗，攻进了村庄，俘虏了团丁数人，缴获了一部分武器，吴殿三的次子率残余团丁突围逃窜。我们即刻召集附近各村群众大会，宣布吴的罪状，没收其土地财产，并当场将粮食、衣物等由农会主持分给了贫苦农民。

很快，我们又抓获了果各庄的大劣绅王文父子，并召开附近村庄农民参加的群众大会，宣布其罪状，没收其土地、财产和枪支，交农会分配。原拟当场枪决王文，因一部分群众要求暂留其性命，我们也打算迫使他交出隐藏的武器、浮财和地契文书之后，再行处决，便将王文之子放回，王文交给农民军看押，限期交出一切隐藏的财物、文契、枪支等。与此同时，城西、城东南区的农民武装也缴了一部分警察、民团和地主的武器。

几次武装行动的胜利，大大提高和鼓舞了群众的情绪。有些因怕敌人报复而自动回家的干部和自卫队队员，又陆续携枪回来参加农民军。不过几天，农民军便由刚成立时的400余人扩大到500余人，主要在县城东北活动。

在我们退出县城的第二天，驻遵化马兰峪的敌军开来了一个营，次日又从唐山开来一个团。他们很快恢复了城内的反动统治秩序，并即刻到各村进行"清剿"。在县长、警察所所长和土豪劣绅的要求与配合下，大肆搜捕农会干部，抄家抢掠，吊打农民，趁机多方敲诈勒索，一时间，地主豪绅的反动气焰又嚣张起来。

这时，杨春霖从遵化转来省委代表于方舟的通知，叫县委和指挥部到遵化城北王爷陵集结整编和开会。在王爷陵召开的干部会上，于方舟同志听取了我们关于玉田暴动、郭屯会议和开展武装斗争的情况汇报后，才知道叶善枝向省委做了假报告。他传达了省委指示，决定成立京东人民革命军，并再次夺取玉田县城，以玉田为中心开展京东各县的武装斗争，然后开展各区和附近各县的土地革命。

11 月初，人民革命军从王爷陵向玉田进发，首战平安城子，很快就拿了下来。

这天，正逢集日，队伍预先集结在农会工作较好的刘各庄一带，采取突然袭击的办法，迅速占领该镇，毙伤警察数人，缴获了该镇警察和民团的全部武器，共计长短枪 30 余支，还捣毁税局，没收了税局的全部财产和该镇土豪劣绅的部分财产。我们竖起"土地革命"的大旗，召开群众大会，宣传土地革命的政策和人民革命军的宗旨，号召人民起来斗争，建立自己的政府，不再向反动政府交粮纳税；会上还动员青年参加革命军，将没收的财物当场分给群众，部队很快扩大到300 多人。

我军首战告捷后，即向鲁家峪进军。鲁家峪位于遵、玉、丰三县交界，地势复杂，大小村庄有十几个，农会基础较好，但阶级矛盾尖锐，其中东峪的恶霸地主刘玉梨拥有团丁 20 余人，并和附近村庄的地主武装建立了联防互助，尤其是与西面吴殿三的次子掌握的反动武装联系密切。

我军到达鲁家峪时，天已黄昏，宿营地四面环山，因行军疲劳都集中住宿。晚间，我们派部分队伍去收缴刘玉梨的武器，不料刘早有准备，双方发生战斗。我军因地形不熟，又是黑夜，未能攻入村庄，相持一小时后，已有两人负伤，便撤出战斗。而刘玉梨却与吴殿三的次子串通一气，谎称有小股土匪攻打鲁家峪，连夜通知附近各村民团前往"围剿"。一夜之间，调集数十村的地主武装 1000 余人（其中有些并不与农会完全对立，是误来打我们的）拂晓前将我们的驻地鲁家峪团团围住。

当我们发现敌情时，没有集中兵力迅速突围，而是分兵把口，阻击敌人，战斗打得很被动。经过半天的战斗，敌人从东、西、北三面攻进村内。我们被迫分散突围，于方舟、杨春霖、解学海、刘自立等同志率一部分人由鲁家峪村的党支部书记李有泉带领从南面突围，另一部分人从西南面突围，我和赵铸率少数人掩护大家突围。

此役，我军伤亡、被俘共 30 余人，其中肖林清、李桂林、郭注、郭其玉等同志和战士十余人英勇牺牲；于方舟、杨春霖、解学海、刘自立、李有泉同志突围后，因不熟悉地形，走到丰润县沙流河镇附近的大张屯时，与当地巡逻的民团遭遇，不幸被捕，后转到玉田关押。

我和赵铸率领部队余下人员从鲁家峪突围出来以后，连夜赶到菜园村向叶善枝汇报，并研究下一步行动。我们主张迅速找到失散的干部和队员，重新组织队伍，并将已被我们收编的玉田北山上的土匪加以整编，利用他们的战斗经验，以玉田北山为依托，继续开展扩军和打土豪、收缴反动武装枪支的活动；对遵化北山的土匪，可以加强联系，要求他们在当地配合行动，但期望不能过高。

叶善枝却把主要希望寄托在收编遵化的土匪方面，主张以他们为主力，把队伍开到玉田，扭转失利局势。在叶的坚持下，派我和赵镈带着委任状去接洽收编土匪。我们俩找到和我们关系较好的杨二和刘某，与他们洽商。他们虽然接受了委任，口头欢迎我们，并同意赵镈帮助他们搞政治工作，答应支援玉田。但是，他们一不肯离开遵化北山，二要我们发枪发饷、供应弹药，以此作为支援我们的条件。

我回来向叶汇报了情况，他见借用土匪力量反击玉田敌人无望，不得不同意我的意见，由我率领干部战士20余人到玉田北部与遵化交界的山区吉树峪、黄家山一带，召集失散的农民军，继续坚持武装斗争。叶善枝还认为特委设在玉田不便于领导其他各县的工作，决定将特委转移到唐山。

我率领剩余人员到玉田北山后，随即派人秘密进行动员归队工作，不数日，就有30多人携枪归来。在一个月左右的出击行动中，我们主要活动在玉田北山和遵化二道山南地区，打垮了小马坊一带十余村的反动地主联防武装，镇压了几个土豪劣绅，没收了他们的土地财产。

我们的活动，很快引起了敌人的注意。一个月之内，马兰峪的驻敌对我们进行了两次"围剿"。第一次以一个营的兵力开到平安城、龙虎岭、刘各庄、柴王店一带"围剿"，但终究不敢入山；第二次以一个团的兵力，配合玉田东北部和遵化南部的反动地主武装，趁我哨兵瞌睡麻痹之际，突入我们的山中宿营地。

经过一场激烈战斗，我和朱耀中（当时为中共党员，黄埔军校学生）率十余人突围脱险，30余人牺牲和负伤被俘，其余人员失散，历时近两个月的玉田暴动至此结束。